कहानी-संग्रह

सांध्य तारा

सांध्य तारा

शरद पगारे

राजकमल प्रकाशन

ISBN : 978-93-88933-53-7

मूल्य : ₹295

पहला राजकमल संस्करण : 2019

प्रकाशक : राजकमल प्रकाशन प्रा. लि.
1-बी, नेताजी सुभाष मार्ग, दरियागंज
नई दिल्ली-110 002

शाखाएँ : अशोक राजपथ, साइंस कॉलेज के सामने, पटना-800 006
पहली मंजिल, दरबारी बिल्डिंग, महात्मा गांधी मार्ग, इलाहाबाद-211 001
36 ए, शेक्सपियर सरणी, कोलकाता-700 017

वेबसाइट : www.rajkamalprakashan.com
ई-मेल : info@rajkamalprakashan.com

मुद्रक : बी.के. ऑफसेट
नवीन शाहदरा, दिल्ली-110 032

SANDHYA TARA
Stories by Sharad Pagare

अध्ययन-मनन के साहित्यिक संस्कार के प्रदात्त
पिताश्री स्व. केवलराम आनन्दराम जी पगारे की पावन स्मृति को
सादर समर्पित

क्रम

सांध्य तारा

"स्वामिनी की जय हो। देवी, राजवैद्य जीवक आपके स्वास्थ्य के परीक्षण हेतु पधारे हैं। सम्राट ने स्वयं उन्हें भिजवाया है," बड़े आदर से प्रणाम करते हुए दास भवनाग ने निवेदन किया।

जीवक ने सुन्दर एवं कोमल शैया पर अड़तालीस वर्षीया प्रौढ़ा राजनर्तकी को लेटी पाया। बन्द नेत्रों के नीचे काले घेरे फैल गए थे। गौर वर्णीय मुख की लालिमा पीली पड़ गई थी। देह की कमनीयता में फीकापन आ गया है। केशों में कई दिनों से सुगन्धित तेल न होने से वे सूख गए हैं। अंगराग के बिना मगध की श्रेष्ठतम सुन्दरी श्रीहीन लगी। वय ढलान पर होने से गात शिथिल था। इतने पर भी उनमें एक आकर्षण था। दो-तीन दासियाँ हाथ बाँधे पर्यंक के दोनों ओर खड़ी थीं। एक पंखा झल रही थी। तिपाइयों पर सुस्वादु फल, स्वर्ण झारी में सुवासित जल एवं प्याले रखे थे।

जीवक का नाम अमृत बिन्दु-सा कर्णफूल युक्त कानों से उनकी आत्मा में टपक गया। चेतना लौटने लगी। बड़ी-बड़ी पलकें, धीरे-धीरे खुलने लगीं। सामने खड़ा तरुण अत्यन्त ही मोहक था। कन्धों तक फैले सुन्दर केश, कानों में कुंडल, भुजबन्ध, चौड़ी छाती पर रत्न-जटित हार चमक रहा था। उन्नत नासिका, उँगलियों में रत्न जड़ित अँगूठियाँ, बड़े-बड़े नेत्र, लगा युवराज बिम्बसार खड़े हैं। सभ्रम, उठ बैठने का प्रयत्न करने लगीं। पर देह की दुर्बलता साथ नहीं दे रही थी, फिर भी अधलेटी-सी बैठने में सफल हो गईं। निर्निमेष दृष्टि से राजगृह के उस बहुचर्चित एवं बहुप्रशंसित युवक की सुन्दरता का पान करने लगीं।

''देवी कष्ट न करें। लेटी रहें,'' राजवैद्य की सुमधुर वाणी ने उन्हें रोक दिया, ''हम ऐसे ही परीक्षण कर लेंगे।''

''स्वा...मि...नी...'', दासी रत्नप्रभा ने आगे बढ़ कर सहायता करना चाही।

हाथ के हलके संकेत से उन्होंने उसे रोक दिया।

''हमारा प्रणाम स्वीकारें राजवैद्य,'' राजनर्तकी की वाणी शिथिल थी।

''आप यह क्या कह रही हैं देवी। आप तो हमारे लिए मातृ-तुल्य हैं। किसी भी औपचारिकता की आवश्यकता नहीं है देवी,'' बड़ी श्रद्धा से जीवक ने उत्तर दिया।

मातृ शब्द सुनते ही शालवती की आत्मा में ममत्व का ज्वार उमड़ आया। लगा वक्ष में दूध उतर आएगा। नेत्रों में एक नई चमक आ गई। तृप्ति के सुख से मुख आलोकित हो उठा। इच्छा हुई तत्काल उठ खड़ी हों, उस सिर को खींचकर वक्ष से लगा लें। जिस मातृत्व सुख के लिए इतने वर्षों से उनकी आत्मा में विकलता का ज्वालामुखी धधक रहा है, उसे शान्त कर लें। पर क्या यह सम्भव था? उन्होंने शीघ्र ही अपनी भावनाओं पर नियंत्रण कर लिया। थकी-सी लेट गईं। अधखुले नेत्रों से जीवक के व्यक्तित्व का पान करने लगीं।

इस छोटी-सी हलचल से जीवक समझ गए कि राजनर्तकी की जिजीविषा प्रबल है। अतः शीघ्र स्वास्थ्य लाभ की सम्भावना है। वे झुककर उदर, नेत्र, नाड़ी आदि का परीक्षण करने लगे। जीवक का हर स्पर्श शालवती की आत्मा में अमृत की वर्षा करने लगा। मातृत्व की स्निग्ध आभा मुख पर उभर आई।

''अब...जीने की...इच्छा नहीं रह गई है...पुत्र...,'' राजनर्तकी ने जीभ काट ली, ''...व...त्...स।'' उन्होंने बात पूरी की।

एक मीठी मोहक मुस्कान जीवक के ओठों पर फैल गई। नाड़ी परीक्षण करते हुए बोले, ''आप हमें पुत्र कह सकती हैं देवी।'' वे जानते थे हर नारी की आत्मा में एक माँ होती है, चाहे वह गणिका ही क्यों न हो। मातृत्व का सुख उठाने को विकल शालवती की सबसे बड़ी औषधि यही है। उन्होंने बात आगे बढ़ाई, ''यह तो हर नारी का अधिकार है। यही तत्त्व तो उसे श्रेष्ठ बनाता है।''

शालवती ने उत्तर नहीं दिया। आँसू की कुछ बूँदें कपोलों पर लुढ़क गईं। जीवक ने बड़े स्नेह से अपने रेशमी उत्तरीय से उन्हें पोंछ दिया। जीवक को अपलक निहारती शालवती इतना ही कह पाई, ''हम आपके आभारी हैं वत्स।''

"आप तो राज्य का गौरव, उसकी अमूल्य सम्पत्ति हैं देवी। आपकी रक्षा करना प्रत्येक का कर्तव्य है," परीक्षण कर रहे जीवक ने उत्तर दिया।

"राज्य...का...गौरव...उसकी...सम्पत्ति...अमूल्य...सम्पत्ति...हाँ..." शालवती बुदबुदाई। वह राज्य की सम्पत्ति ही तो है। राज्य ने वर्षों पहले उसे, उसके माता-पिता से खरीद लिया था। कब? उसे स्मरण नहीं, शायद पैदा होने के कुछ माह बाद ही। विष कन्याएँ पालना, गणिका रखना राज्य का विशेषाधिकार जो है। राज्य रूपी यंत्र का एक पुर्जा मात्र है वह। कौन उसके माता-पिता थे? किस गाँव या नगर की वह रहनेवाली है? इसका पता उसे आज तक नहीं है। जो भी व्यक्ति उसे खरीद कर लाए उनका भी आज पता नहीं है। वे मर गए या मार दिये गए, क्या मालूम? वह तो चित्रावली को ही अपनी माँ और राजनर्तकी के प्रासाद को ही अपना घर समझती रही। समझदार होने पर उड़ती-उड़ती चर्चाओं ने सत्य से उसका साक्षात्कार कराया। कई दिन बड़ी व्याकुलता में बिताए। पर अनेक बातें अपनी शक्ति, सीमा और अधिकार से परे होती हैं। मन धीरे-धीरे उनसे समझौता कर लेता है, एक कड़वाहट के साथ।

वह तो राज्य की महान कृपा थी, जो उसे विषकन्या नहीं बनाया। अन्यथा अपना ही जीवन जल्लाद-सा लगता। राज्य की इस कृपा के लिए क्या उसे राज्य का ऋणी, कृतज्ञ नहीं होना चाहिए? एक विष के साथ वह जी रही थी। अपनी देह से ऋण चुका रही थी। एक कड़वाहट उसके सुन्दर आनन पर फैल गई। परीक्षण में डूबे जीवक उस बुदबुदाहट को पकड़ नहीं पाए। शालवती ने आँखें मूँद लीं।

परीक्षण समाप्त करने के बाद जीवक के मुख पर हलकी-सी चिन्ता की रेखाएँ उभर आईं। पर उन्होंने उसे शीघ्र दबा, स्मित मुस्कान से कहा, "चिन्ता की कोई बात नहीं है देवी। हम औषधि भेजे देते हैं। ईश्वर की कृपा हुई तो आप शीघ्र स्वास्थ्य लाभ करेंगी। भवनागजी हमारे साथ आइए, पथ्य, भोजन आदि के विषय में भी आपको सूचना भेज दूँगा देवी।" बड़ी श्रद्धा से जीवक ने प्रणाम किया।

"प्रभु आपको चिरायु करें। आपका यश इतिहास की धरोहर बने। यही हमारा आशीष है...पुत्र।" इस बार वे अपने को रोक न पाईं, पर एक झिझक के साथ आशीर्वाद दिया।

एक बार पुनः आदर और श्रद्धा से प्रणाम कर जीवक चल दिए। जाते जीवक की चौड़ी पीठ, रेशमी वस्त्रों और गौर वर्णीय देह की आभा को शालवती अपलक देखती रही। भवनाग सादर अनुगमन कर रहा था।

उसे लगा जीवक नहीं युवराज बिम्बसार अभी-अभी यहाँ से गए हैं। वह दिन आज भी उसकी स्मृति में जीवित है। वह तो उसके जीवन का सुनहरा पृष्ठ है। वह नृत्य के अभ्यास में डूबी हुई थी। राजनर्तकी चित्रावली उसकी प्रत्येक भंगिमा, पग संचालन, वाद्यों की ताल पर उसके नृत्य का बारीकी से निरीक्षण कर रही थी। नृत्य के आचार्य वैदेही चरण की सतर्क दृष्टि भी शालवती पर थी। बीच-बीच में वे ताल भी देते जा रहे थे। दोनों भावी राजनर्तकी को तैयार जो कर रहे थे।

शालवती की लगन और परिश्रम ने सभी को प्रभावित किया। कठोर परिश्रम के कारण रेशमी कंचुकी पसीने से भीग गई। लाल मुख मंडल और सुन्दर से नासापुटों पर पसीने की नन्ही-नन्ही बूँदें मोती-सी चमकने लगीं। नृत्य की भंगिमा में घूम कर जैसे ही गायक की तान, वीणा, वंशी, मृदंग की थाप के साथ, सम पर घुँघरुओं से सजे, अलस्तक से युक्त उसके लाल गोरे पग, छम से रुके तो उसकी कटि, नितम्ब, वक्ष, सारी देह लहरा गई।

"वाह...वाह...सुन्दर.. अति...सुन्दर...बिटिया...चित्रावली," वीणावादक, अन्य संगीतज्ञों, उपस्थित दास-दासियों ने समवेत स्वरों में अपनी प्रशंसा को व्यक्त किया। शालवती का वक्ष गर्व से फूल उठा। प्रसन्नता की लहर मुख पर दौड़ गई।

प्रशंसात्मक स्वरों की समाप्ति के पहले ही प्रशंसा का नया स्वर सुनाई देने लगा, "...साधु...वाद...साधु...वाद...धन्य है...देवी...शालवती...धन्य है।"

वह अचकचा गई।

"देवी चित्रावली...बधाई...भावी राजनर्तकी का चयन एवं प्रशिक्षण सर्वोत्तम है। स्वर्ग की अप्सरा उर्वशी से वह कम नहीं है।" युवराज बिम्बसार की प्रशंसा और उपस्थिति ने सभी को चकित एवं भयभीत कर दिया। सभी सादर उठ खड़े हुए। वाद्य वादकों, गायक, नृत्याचार्य ने झुककर प्रणाम किया। शालवती के मुख पर लज्जा की लाली दौड़ गई। प्रणाम करना भूल सिर नीचा किए खड़ी रही।

"पधारिए युवराज। स्वागतम्। स्वामी ने कैसे कष्ट किया? आदेश देते तो दासी स्वयं उपस्थित हो जाती।" अचानक के इस धक्के को चित्रावली ने तत्काल सँभाल लिया। चतुर गणिका ने मीठी मुस्कान से युवराज का स्वागत किया।

"अरी मदनिका। खड़ी क्या है? देव के लिए आसन्दी तो ला। फल, ताम्बूल, द्राक्षासव का तत्काल प्रबन्ध तो कर।" चित्रावली व्यस्त हो उठी। दासियों में भगदड़ मच गई। चित्रावली स्वागत कर तो रही थी, पर मन ही मन डर भी रही थी। मगध सम्राट हेमजित का कठोर आदेश था कि, जब तक समस्त शास्त्रों एवं शस्त्रों, राजनीति, कूटनीति, शासन प्रबन्ध आदि में युवराज पारंगत न हो जाएँ नृत्य, संगीत, मनोरंजन, विशेषकर राजनर्तकी का प्रासाद उनके लिए वर्जित और प्रतिबन्धित था। एक कठोर प्रशिक्षण के दौर से वे गुजर रहे थे।

चित्रावली के प्राण सांसत में थे। एक ओर सम्राट के कड़े आदेश तो दूसरी ओर थे युवराज बिम्बसार मगध के भावी सम्राट। उसे एक बात का सन्तोष था कि, राजनर्तकी बनने के पहले ही शालवती के रूप, गुण, नृत्य और संगीत की सुगन्धि राजधानी राजगृह में फैलने लगी थी। यह उसकी सफलता का चिह्न था।

युवराज के आगमन को गोपनीय बनाए रखने के उद्देश्य से चित्रावली उचित प्रबन्ध में लग गई। दास-दासियों, प्रहरियों को कड़े आदेश दिये गए कि वे युवराज के आगमन की चर्चा कहीं न करें। वह समझ गई कि शालवती के सौन्दर्य जाल में फँसने के बाद युवराज का उनके भवन में आगमन पहला और अन्तिम नहीं रहेगा। वे जल्दी-जल्दी आया करेंगे।

कक्ष में अब वे दोनों अकेले थे। अपरिपक्व एवं संकोच में डूबे हुए। बिम्बसार साहस कर आ तो गए पर समझ नहीं रहे थे कि आरम्भ कहाँ से करें? शालवती वैसे ही खड़ी थी—नतशिर। मखमली आसन्दी पर बैठे युवराज चोर दृष्टि से उसके सौन्दर्य का पान कर रहे थे। अतृप्ति थी कि बढ़ती जा रही थी। मदनिका कब फल, द्राक्षासव आदि चुपके से रख गई दोनों को पता नहीं।

साहस और पहल बिम्बसार ने ही की, "ख...ह...", उन्होंने गला साफ किया, और स्वर को कोमलतम बनाते हुए बोले, "देवी! आसन ग्रहण करें।"

शालवती लज्जा से गड़ गई। उसकी सुन्दरता दुगुनी हो उठी। इच्छा हुई तुरन्त अपने कक्ष में भाग जाए, और द्वार बन्द कर ले। मन जोरों से धड़क रहा था। डर

भी रही थी कहीं राजपुरुष के प्रति कोई अशिष्टता न हो जाए। किसी परपुरुष के साथ एकान्त में रहने का पहला अवसर था। चुपचाप खड़ी रही। पुतली-सी।

"आसन ग्रहण करिए ना।" जब इस प्रार्थना का भी कोई प्रभाव न पड़ा तो बिम्बसार ने उठकर उसकी कोमल कलाई थाम ली। शालवती घबरा गई। देह में बिजली दौड़ गई। इसकी तो उसने कल्पना भी नहीं की थी। हाथ छुड़ाकर अपने कक्ष में भाग गई। द्वार बन्द कर शैया पर औंधी गिर पड़ी। न रो रही थी, न प्रसन्न थी, मात्र घबराहट से देह काँप-काँप जाती थी।

युवराज मुस्कराए, शालवती की यह भंगिमा उन्हें और भा गई। चुपचाप चल दिये। बाहर बेचैन, चहलकदमी करती चित्रावली ने जब इतने शीघ्र युवराज को आते देखा तो डर गई, "इतने शीघ्र जा रहे हैं प्रभु?"

"हाँ देवी। हमें एक आवश्यक कार्य का स्मरण हो आया। हम पुन: आएँगे," बड़ी शालीनता से, जाते-जाते बिम्बसार ने उत्तर दिया।

चालाक चित्रावली समझ गई कि शालवती की लज्जा और नारियोचित संकोच युवराज से मित्रता में बाधक है। वह तुरन्त शालवती के कक्ष में पहुँची, और समझाने-बुझाने लगी, "देख बेटी शाल। युवराज का तेरे जीवन में पदार्पण एक शुभ संकेत है। तुम्हें यह बताने की आवश्यकता नहीं कि वे मगध के सम्राट बनेंगे। देख पगली। यदि अभी से वे तुझ से बँध जाते हैं तो निश्चय ही तुम्हारा कल्याण ही होगा। तुम्हारे जीवन में वे सांध्य तारा से उदित हुए हैं। तुम्हें इसका भरपूर लाभ उठाना चाहिए।" उसकी पीठ पर वह बड़े प्यार से हाथ फिराने लगी।

वैसे भी शालवती अपने से सम्बन्धित निर्णयों के लिए पूरी तरह से चित्रावली पर ही निर्भर थी। दो अपरिपक्वों को निकट लाने में चित्रावली ने महत्त्वपूर्ण भूमिका निभाई। जो काम बिम्बसार को पर्वत पर चढ़ने जैसा कठिन लग रहा था, वह चित्रावली की चतुराई से सरल हो गया।

युवराज का चोरी-चुपके, गुप्त मार्ग से राजनर्तकी के यहाँ आना-जाना बढ़ गया। शालवती स्वप्नलोक में विचरण करने लगी। पर यह स्थिति अधिक दिनों तक नहीं चल सकी। अपने गुप्तचरों से सम्राट को युवराज के प्रणय व्यापार का पता चल ही गया। स्थिति नियंत्रण से बाहर हो इसके पहले ही युवराज को उच्च अध्ययन के लिए विश्वस्त सेवकों के साथ तक्षशिला भिजवा दिया गया।

एक झटके में शालवती का सुन्दर सपना बिखर गया। उस सुख को भोग पाती उसके पहले ही वह टूट गया। टूटते-टूटते अपनी निशानी कोख में छोड़ गया। चित्रावली चिन्तित हो उठी। सम्राट को पता चल जाने पर भयंकर परिणाम हो सकता था। एक भय, व्यग्रता उसे सतत घेरे रहती। शालवती अपने में ही मगन थी। उसे सबसे छिपाकर एक कक्ष में बन्द कर दिया गया। प्रसव वेदना से मूर्च्छित शालवती की सन्तान को प्रासाद के बाहर चोरी-चुपके भिजवा दिया गया। शालवती को पता भी न चला कि वह पुत्री या पुत्रवती हुई है। उसे तो मरे हुए बालक की सूचना मात्र दी गई। कई दिनों तक वह अपनी कोख और आत्मा में एक टीस का अनुभव कर रोती रही। वह विद्रोह करना चाहती थी पर यह सम्भव न था। वह कसक जिन्दगी का काँटा बन गई।

उसे लगा आज उसकी सन्तान जीवित होती तो जीवक जितनी ही होती। सोच-विचार में वह डूब-उतरा रही थी। तन्द्रा अचानक टूट गई।

"स्वामिनी। अशिष्टता एवं अविनय क्षमा करें।" भवनाग भाव विगलित था। शालवती की उदास दृष्टि उसे घूरने लगी।

बड़े साहस से उसने बात आगे बढ़ाई, "स्वामिनी...म...मैं...कुछ निवेदन करना चाहता हूँ, बात अत्यन्त महत्त्व की परन्तु गोपनीय है।"

शालवती के संकेत पर दासियाँ प्रणाम कर बाहर चली गईं। भवनाग ने सावधानी से द्वार बन्द किए और शैया के अत्यन्त निकट जा पहुँचा। आज की तारीख तक उसने इस प्रकार की अशिष्टता या दुस्साहस नहीं किया था। शायद बात अत्यन्त गम्भीर थी, इसीलिए शालवती ने सह लिया।

"स्वामिनी...क्षमा...राज...वैद्य...म...मेरा...अर्थ है जीवक जी...", वह रुका, "आपके ही पुत्र हैं।" एक साथ उगलकर अपराधी-सा सिर नीचा किए वह खड़ा रहा।

"ये...य...क्या...कह रहे हो भवनाग?" लगभग चीखती-सी, सारी दुर्बलता फेंक वह उठ बैठी, भवनाग का कन्धा हिलाते हुए बोली, "तुम जो कह रहे हो, उसकी गम्भीरता, महत्त्व जानते हो ना?"

"हाँ स्वामिनी, यह सत्य है। राजनर्तकी बनने के पूर्व आपने जिस बालक को जन्म दिया था वे जीवक ही हैं। प्रसव के बाद आप मूर्च्छित थीं। उस अवसर का लाभ उठाते हुए स्वामिनी चित्रावली ने चुपके से एक वस्त्र में लपेट कर

बालक को घूरे पर फेंकने हेतु मुझे दे दिया था। पर बालक के मोहक रूप ने मुझे बाँध लिया। मैंने उसे सन्तानहीन ब्राह्मण श्वेतकेतु को पालने के लिए दे दिया। बालक प्रतिभाशाली था। राज्य ने उसके अध्ययन हेतु छात्रवृत्ति का प्रबन्ध कर दिया। शल्य क्रिया और औषधि विज्ञान का उच्च अध्ययन तक्षशिला विश्वविद्यालय से उन्होंने प्राप्त किया। अब वे मगध के ही नहीं समस्त भारत के सर्वश्रेष्ठ चिकित्सक हैं। उनकी कीर्ति तथागत बुद्ध, महावीर स्वामी, वत्सराज उदयन एवं सम्राट...'' एक पल वह रुका, ''बिम्बसार से किसी प्रकार कम नहीं। वे इन सभी के चिकित्सक भी हैं।''

भवनाग का प्रत्येक शब्द उसकी आत्मा को मथ ही नहीं रहा आलोड़ित भी कर रहा था। दिल जोर से धड़कने लगा। रक्तचाप बढ़ गया। विकलता से पलंग पर लोटने लगी। थोड़ी देर बाद दीर्घ श्वास ले बोली, ''हमारी एक प्रार्थना स्वीकार करोगे भवनाग? एक बार फिर हम जीवक को, अपने पुत्र को देखना चाहती हैं। पर...उन्हें विदित न हो कि हम उनकी माँ...जननी हैं।''

शालवती की मनुहार और मर्मभेदी दृष्टि ने भवनाग को विचलित कर दिया। पर वह चुप रहा।

''जीवन की संध्या में हम अपने कलंकी जीवन के साथ उन्हें जोड़कर उन्हें सारा जीवन तड़पने के लिए नहीं छोड़ना चाहती।'' आँसुओं से उसका गला रुँध गया।

''जो आज्ञा स्वामिनी।'' उत्तरीय से अपने आँसू पोंछते हुए वह चल दिया।

यथाशीघ्र वह राजवैद्य को ले आया। शालवती के आँसुओं का वेग बह गया।

''क्या बहुत अधिक कष्ट है देवी?'' परीक्षण हेतु जीवक ने हाथ बढ़ाया।

शालवती ने उसे थाम लिया और अपने वक्ष में दबा लिया। सुख से उसकी आँखें बन्द हो गईं। एक शीतलता आत्मा में उतरने लगी। जीवक कुछ न बोले। हाथ को वैसे ही रहने दिया। उदासी की बदली ने उनके सुन्दर आनन को ढक लिया।

बंदिनी

इस आयु में भी उनके मुख पर मनोहारी कान्ति एवं तेज था। चिलमिलाकर चुँधियानेवाली सूरज की प्रखरता नहीं, चाँदनी-सी लुभावनी शीतल स्निग्धता थी। बोधि वृक्ष के नीचे पद्मासन मुद्रा में वे बैठे थे। एक चित्ताकर्षक आभा वलय का आभास सिर के पीछे होता था। मुँदी पलकें कमल पुष्प की पंखुरियों-सी सुन्दर थीं। अधरों पर थी चिरस्थायी स्वर्गिक मुस्कान। मुख मंडल पर आत्मिक शान्ति एवं मोक्ष के आनन्द का अनुभव होता था। वैशाली के कोलाहल और आपाधापी से दूर जेतवन में अपने संघ के साथ विहार कर रहे थे। राजधानी की भीड़ थी कि बिन बुलाए खिंची चली आ रही थी। लिच्छवी गण परिषद् के सदस्य : राजा, धनाढ्य—सेट्टी, अधिकारी और यदाकदा गणाध्यक्ष महानाम भी उनमें होते थे। लोगों की आवाजाही के कारण जेतवन की शान्ति भंग होने लगी थी।

भीड़ से हटकर आम्रवृक्ष की आड़ से बड़ी श्रद्धा, आशा एवं विश्वास से वह उन्हें निहार रही थी। मन भयभीत हिरणी-सा धुकधुका रहा था। जरा से खटके से सावधान हो जाती। मुख को अवगुंठन और कमनीय देह को शाल से ढक रखने के बाद भी सन्देह था कोई पहचान न ले। त्रासदी यह थी कि उसका बहुचर्चित, बहुप्रशंसित सौन्दर्य एवं व्यक्तित्व साधारण जीवन जीने की राह का बहुत बड़ा रोड़ा बन गया था। अनेक बार उसका मन साधारण जन के समान अपरिचित बन घूमना-फिरना चाहता था। पर यह सम्भव नहीं। यदि वैशाली के रसिकों को जेतवन में उसकी उपस्थिति का पता भर चल जाए तो उसकी

पवित्रता को नष्ट करने में किंचित-सी लज्जा का अनुभव भी वे नहीं करेंगे! अच्छी तरह से स्वयं को छिपा लेने के बाद भी शाल और अवगुंठन को भेद कर निकलनेवाली दैहिक दीप्ति और सुरभि विलासियों की लोलुप दृष्टियों को बरबस खींच ही लेती थी। पर्याप्त कोलाहल के बावजूद वह अकेलेपन का अनुभव कर रही थी।

पाँखुरियों-सी पलकें धीरे-धीरे खुलने लगीं। करुणा, शान्ति, स्नेह, आशीष का अजस्र स्त्रोत बहता-सा लगा। हर कोई अनुभव कर रहा था, करुणा से ओतप्रोत वह दृष्टि उसे ही उपकृत कर रही थी। कोलाहल थम गया। स्वर्गिक शान्ति पसर गई। उत्साह को सँभाल पाने में असमर्थ भावावेश में एक भक्त चिल्ला पड़ा—"भ...ग...वा...न...बुद्ध...की...ज...य...ज...य...ज...य..." विद्युत तरंग-सी दौड़ गई। अनेक कंठ स्वरों ने जय ध्वनि को दुहराकर जेतवन के आकाश को गुंजा दिया। सुमधुर कंठ फूट पड़ा :

"बुद्धम् शरणम् गच्छामि
धम्मम् शरणम् गच्छामि
संघम् शरणम् गच्छामि"

प्रशंसा शरणागति, आलोचना से परे वह उड़ती दृष्टि जैसे ही उसके लोचनों से मिली, आत्मा में उतरकर उसे मथ दिया। मुख की लालिमा दुगुनी हो उठी। देह का सारा रक्त वहाँ सिमट जो आया था। जिन नयनों ने कभी झुकना नहीं सीखा, दूसरों को आँखें चुराने के लिए बाध्य किया, वे तथागत की करुणा के माधुर्य को सह न सकीं। लज्जा से नवोढ़ा-सी झुक गई। झुके नेत्र बरबस दरस परस को लालायित थे। साहस बटोर निहारने लगी। वह प्रशान्त दृष्टि अभी भी उसी पर टिकी थी। उनके आकर्षण ने उसे बाँध लिया। न जाने कब अवगुंठन उसके गौरवर्णी कन्धों पर खिसक गया। मन्द-मन्द मुस्काते हुए वे उठे। चीवर सँभालते चल दिये।

आशीष पाने हेतु भीड़ दौड़ पड़ी। लगा उन नयनों ने अनुगमन हेतु आमंत्रित किया है। मंत्रमुग्ध-सी भीड़ को अन्तर दे चल दी। धीर पग तथागत अपनी कुटिया में प्रवेश कर गए। भिक्षु तीवर ने पट गिरा, पलट कर भीड़ को प्रणाम करते हुए निवेदन किया, "महाप्रभु अब विश्राम करेंगे। आप लोग प्रस्थान करें।"

भीड़ हटने को तैयार न थी। न जाने क्यों विश्वास था तथागत पुनः दर्शन ही नहीं देंगे, अमृतमय प्रवचन भी सुनने को मिलेगा। वह एक वृक्ष की ओट में खड़ी हो गई। पर्याप्त समय बीत जाने के बाद भी जब बुद्ध बाहर नहीं आए तो भीड़ छँटने लगी। जाना वह भी चाहती थी पर मन न जाने क्यों रुकने को कहता था। जेतवन के एक कोने में अंगरक्षक, सारथी मातुल और प्रिय सखी चारुदत्ता उसके समय पर न लौटने के कारण चिन्तित व्याकुलता से प्रतिक्षारत होंगे।

''देवी!'' एक मीठे स्वर ने विचारों में बाधा डाली।

बड़ी-बड़ी कजरारी आँखों के सामने भिक्षु तीवर सिर झुकाए निवेदन कर रहे थे, ''महाप्रभु स्मरण कर रहे हैं।''

धड़कते मन उसने तीवर का अनुसरण किया।

कुशासन पर लेटे बुद्ध आगंतुक को आते देख उठ बैठे।

''आओ आम्रपाली,'' मोहक मुस्कान के साथ उन्होंने स्वागत किया। एक अनिर्वचनीय सुख का उसने अनुभव किया। झुककर मिट्टी सने चरणों का स्पर्श कर प्रणाम किया। मुग्ध नायिका-सी बैठ गई।

''कैसी हो अम्बे! कैसे कष्ट किया?'' बुद्ध की वाणी से निकली स्नेह-सिक्त शीतलता ने आम्रपाली के मर्म को छू लिया, ''भ...ग.. वा...न्...'' वर्षों से जमा दुख निःशब्द बह निकला।

थोड़ा-सा झुककर वे तथागत वात्सल्य से उसका सिर सहलाने लगे। जैसे पिता अपनी पुत्री के दुख को बाँट रहे हों। उस करुणामय स्पर्श ने सारे बाँध तोड़ दिये। वह हिचकियाँ ले लेकर रोने लगी।

''पुत्री, गणवधू बनाकर समस्त वैशाली की वासना के विष को प्रतिदिन बलात पिलाने का जो महापाप इस गणराज्य ने किया है, वही उसके विनाश का कारण बनेगा। तुम्हारा सौन्दर्य ही तुम्हारे लिए अभिशाप बन गया अम्बा।'' बुद्ध के नयन सजल थे। भाव विगलित दृष्टि से वे रुदन के वेग से रह-रहकर काँपती आम्रपाली को पीठ को देखते रहे।

रुदन का वेग कम होने पर उसने रुँधे गले से निवेदन किया, ''प्रभु! अपने सपने, यौवन सभी कुछ गणदेवता को समर्पित करने के बाद भी हम घृणा-उपहास की पात्र हैं। यह कैसी त्रासद विडम्बना और शोकांतिका है देव! वैशाली की नारियाँ अपने पति, पुत्रों, बन्धु-बान्धवों को हमसे दूर रखने के लिए प्रयत्नशील

रहती हैं। नारी होकर भी हमारे दुख को समझ, कम करने की अपेक्षा घृणा का विषपान कराती है। हमारे चरण चुम्बन में गौरव का अनुभव करनेवाले कामुक, विलासी लिच्छवी हमारे बारे में अकथनीय चर्चाएँ करने में जरा भी लज्जित नहीं होते। हमें पण्य में बैठाकर प्रसन्न होनेवालों का यह कैसा व्यवहार है भगवान।''

''पुत्री, संसार की यही रीति है। लेकिन बेटी तुम भागीरथी-सी पवित्र और निष्पाप हो। नदी, नारी और भूमि तीनों को बहुत कुछ सहना पड़ता है बिटिया! यदि नर्मदा और गंगा बोल सकतीं तो अनेक पुण्यात्माओं को स्वर्ग से निष्कासित कर दिया जाता। यदि नारी आत्मकथन प्रस्तुत करे तो अनेकों पुरुषों को मुख छिपाने को स्थान नहीं मिलेगा। यदि धरती कहे तो किसी को भी सिर छिपाने की जगह नहीं रहेगी।''

''किन्तु भगवान् हमें तो शूद्रों, अंत्यजों से भी अधम माना जाता है। प्रत्येक धर्म सम्प्रदाय ने हमें ही सारे पापों की जड़ माना है।''

''ना अम्बे। हमारे धर्म और संघ के द्वार तुम्हारे लिए खुले हैं। अम्बे हम पाप, पुण्य, शूद्र, गणिका, जाति-प्रथा में विश्वास नहीं करते। प्रत्येक आत्मा मोक्ष की अधिकारिणी है, क्योंकि वह पवित्र है।''

''तब क्या प्रभु संघ समेत हमारा आतिथ्य स्वीकार करेंगे? अपनी चरण धूलि से इस गणिका की आत्मा एवं प्रसाद को पवित्र करेंगे?''

''हाँ अम्बा, हम संघ सहित निश्चय ही भिक्षा भोजन हेतु तुम्हारे यहाँ आएँगे। तुम्हारे द्वारा निर्धारित उपवन में हमारा संघ कुछ दिन विहार भी करेगा। पर..!''

पर के बाद के क्षणों में आम्रपाली के प्राण कंठ में आ अटके। वह कातर दृष्टि से निहारने लगी। बुद्ध ने उसकी विकलता का अनुभव किया।

''ना आम्रपाली। अस्वीकार का तो प्रश्न ही नहीं है। समय, दिन और तिथि की सूचना से भिक्षु आनन्द तुम्हें अवगत कराएँगे।''

''जो आज्ञा भगवन्।'' अजानी पुलक से भरी आम्रपाली बार-बार प्रणाम कर निमंत्रण को पक्का करने हेतु आनन्द से मिलने चल दी। भिक्षु तीवर ने कुछ दूर अन्य भिक्षुओं से चर्चारत आनन्द की ओर इंगित कर दिया। ज्यों-ज्यों निकट पहुँचने लगी, आनन्द की स्पष्ट होती आकृति देख मन बैठने लगा। प्रसन्नता से दीप्त मुख कुम्हला गया। उनसे बात किए बिना लगभग दौड़ती-सी रथ पर जा बैठी। स्मृतियों ने अतीत से जोड़ दिया।

बंदिनी

देवगाम में अम्बा को लेकर नाना प्रकार की चर्चाएँ हो रही थीं। उन्होंने असंग का जीना दूभर कर दिया। जब तक अम्बा नासमझ थी, उसने ध्यान नहीं दिया। उसे भोला विश्वास था, समय पाकर सब कुछ ठंडा पड़ जाएगा। लेकिन जैसे-जैसे अम्बा यौवन की सीढ़ियाँ चढ़ने लगी, उसके सौन्दर्य की देवगाम में ही नहीं आसपास के अन्य ग्रामों, नगरों में भी चर्चा होने लगी। अम्बा असंग के लिए अभिशाप बन गई।

"तुम कुछ भी कहो असंग। अम्बा निश्चय ही तुम्हारी बेटी नहीं है। कहाँ से उड़ा लाए इस रूपसी को?" ग्राम प्रधान भल्लाट के व्यंग्य ने असंग को व्यथित कर दिया। "कहीं से भी तो नहीं स्वामी। दूर की एक बहन वैशाली के उपनगर में रहती थी। प्रसव में मृत्यु हो जाने पर बहनोई ने पालने हेतु मुझे दे दी।" विनीत स्वर में असंग ने हाथ जोड़ दिये। पर तत्काल उठ कर चल दिया। उस दिन को कोसने लगा जब वैशाली से लौटते समय आम्रकुंज से रेशमी वस्त्रों में लिपटी, रोती सद्यजात बालिका के रूप पर मोहित हो उठा लाया था।

"सच बाबा। क्या आप हमारे पिता नहीं हैं?" ग्रामीणों की बातों से विचलित अम्बा सजल नयन से पूछ बैठी।

उस भोले मुख की रुदन छवि ने असंग को अकुला दिया। फिर भी विनोद में प्रतिप्रश्न किया, "तुझे क्या लगता है?"

"हमें तो आप ही हमारे सच्चे पिता लगते हैं। भला कोई पराई सन्तान को इतना स्नेह, ममता देता है?" अल्हड़ अम्बा असंग की पीठ पर झूल गई।

लोक आलोचनाओं से विचलित असंग एक रात अम्बा के साथ चुपके से वैशाली भाग आया। राजधानी के भीड़ भरे जीवन में कौन किसे पहचानता है? आराम से खो जाएँगे। लेकिन जैसा हम चाहते हैं वैसा होता नहीं। पुष्प के समान अम्बा की सौन्दर्य सुरभि स्वतः फैलने लगी। उसके आसपास चक्कर काटनेवालों की कमी न रही। उन्हीं में था पड़ोस का नन्द। वह उसका अंगरक्षक बन बैठा। अम्बा के लिए सिर्फ अपने पुर से ही नहीं वरन् दूसरे पुर-मोहल्ले से भी लड़ बैठता।

वसन्त के आगमन ने वैशाली के तन-मन को रस से सराबोर कर दिया। ऋतुराज के स्वागत में राजधानी का प्रत्येक घर-आँगन सजने लगा। वासन्ती परिधानों में रसिक-रसिकाएँ मदनोत्सव मनाने वन-उपवनों और उद्यानों की

ओर चल दिये। सर्वाधिक भीड़ काम्यक उद्यान में थी। वसन्तोत्सव के अवसर पर गणमान्य सेट्टी, परिषद् के कुछ सदस्य, गणिकाध्यक्ष सुबन्धु, नगरवधू सुदर्शना, और गणपति महानाम नई नगर वधू के चयन हेतु राजकीय उद्यान में एकत्र हुए। असंग के मना करने पर भी अम्बा नन्द को लेकर सजधज कर उत्सव में जा पहुँची। नृत्य, संगीत, गायन, वादन की प्रतियोगिताओं में सुन्दरियाँ बढ़-चढ़कर भाग ले रही थीं। तभी सुदर्शना की दृष्टि अम्बा पर आ टिकी। निर्दोष सौन्दर्य, मूर्ति सदृश्य ढली विपुल देह राशि ने उसकी अनुभवी आँखों को बाँध लिया। उसने गणिकाध्यक्ष का ध्यान उस षोडशी की ओर आकर्षित किया।

उत्सव के आनन्द में डूबी अम्बा के बिलकुल पास आकर कोई फुसफुसाया, "देवी! गणाध्यक्ष महामहिम महानाम आपसे भेंट करना चाहते हैं।"

पहले तो वह घबरा गई। फिर न चाहते हुए भी, नन्द के रोकते-रोकते भी प्रहरी के पीछे चल दी। कभी-कभी घटनाएँ इस तेजी से घटती हैं कि हम सँभले, समझे इसके पहले ही घट ही जाती हैं! वे हमारी क्षमता और नियंत्रण के बाहर जो होती हैं। गणराज्य के अनेक विशिष्टों ने उससे बात की। वह उसकी समझ के परे थी। परन्तु प्रवाह के साथ वह बहती चली गई। उसने स्वयं को नगरवधू के भव्य प्रासाद में पाया। उस ज्वार में असंग और नन्द कहाँ बह गए पता ही न चला। नगरशोभिनी के पद पर अभिषिक्त होने के बाद दास-दासियों अंगरक्षकों से घिरी आम्रपाली की शोभा-यात्रा जब राजसी रथ पर नगर में घुमाई गई तो कोटि-कोटि प्रशंसकों की जयकार में लगा, वह आकाश में उड़ी जा रही है। अब उसका उठना-बैठना राजसी पुरुषों, सैन्य अधिकारियों, कलाविदों, धनाढ्य सेट्टियों और गणाध्यक्ष महानाम के बीच होने लगा। वैभव-विलास के उस स्वर्ग में उसके संकेत मात्र पर सभी कुछ उपलब्ध था। सभी उसके कृपा-कटाक्ष के आकांक्षी थे। आभिजात्य वर्ग में घुल-मिल कर उसने पिछले जीवन को भूलना ही श्रेयस्कर समझा।

नन्द उसे भूल न सका। न जाने क्यों उसे लगता, अम्बा को उसकी इच्छा के विरुद्ध गण-नर्तकी बनाया गया है। उससे भेंट करने के सारे प्रयत्नों को प्रहरियों ने सदैव असफल किया।

उस दिन जब आम्रपाली सेनापति रत्नसेन से घुलमिल कर बतिया रही थी, प्रहरी एक युवक को पकड़ लाए।

"स्वामिनी! चोरी-चुपके आपके शयनागार की ओर जाते देख हमने इसे धर दबोचा। इसका नाम नन्द है। स्वयं को आपका परिचित एवं पड़ोसी बतलाता है।"

नन्द की भयभीत कातर दृष्टि ने एक क्षण के लिए उसे विचलित कर दिया। लेकिन रत्नसेन की चुभती दृष्टि से संकुचित आम्रपाली की मुख-मुद्रा कठोर हो गई। वह उत्तर दिये बिना भीतर चली गई।

"देवी किसी नन्द-वन्द को नहीं जानती। ले जाओ इसे और कारागार में डाल दो।" सेनापति ने रूखे स्वर में आदेश दिया।

अन्य भिक्षुओं से चर्चा समाप्त करने के बाद आनन्द तथागत से भेंट करने उनकी कुटिया में गए। बुद्ध कुशासन पर लेटे विश्राम कर रहे थे।

"प्रणाम महाप्रभु!" भक्ति-भाव से आनन्द ने तथागत के चरण स्पर्श किए।

"आओ आनन्द, आसन ग्रहण करो।" बुद्ध ने चरण सिकोड़े। उन दिव्य चरणों को अपनी गोद में ले आनन्द उन्हें दबाने लगे।

अबोला उनके मध्य कई पल तैरता रहा। बुद्ध आनन्द को अपना पट्ट शिष्य ही नहीं पुत्र मानते थे। उसकी सेवा परायणता, आज्ञाकारिता एवं मधुर व्यवहार अनुकरणीय थे। आनन्द को लगा तथागत आत्मलोक में डूब गए हैं। वे चरण दबाते रहे।

"आनन्द!" वाणी अत्यन्त रसपगी थी।

"भगवन!"

"कुछ समय पूर्व वैशाली की गणवधू आम्रपाली आई थी।" आँखें मूँदे ही वे बतिया रहे थे।

चरण दबाते आनन्द के हाथ रुक ही नहीं गए हलके से काँपने लगे। उसने उत्तर नहीं दिया।

"वे संघ का आतिथ्य करना चाहती हैं। हमने स्वीकृति दे दी है। इसी पूर्णिमा को आम्रपाली द्वारा निर्धारित उपवन में संघ विहार करें तो कैसा?"

आनन्द फिर भी चुप रहे।

"आनन्द तुमने अपना मन्तव्य प्रकट नहीं किया?"

"जैसी प्रभु की इच्छा।"

"तुम जाकर आम्रपाली को सूचित कर दोगे?"

भावनात्मक अन्तर्द्वन्द्व से आनन्द की साँस भारी हो गई। हाथों का कम्पन बढ़ गया, मन बैठने लगा।

"कदाचित् गणवधू को लेकर कहीं तो तुम्हारे मन में ग्रन्थि है।" बुद्ध गम्भीर थे।

"भ...ग...व...न्..." अस्फुट स्वर में आनन्द बुदबुदाकर रह गए।

"ना हम कोई स्पष्टीकरण नहीं चाहते। इतने वर्षों से हमारे सान्निध्य में रहने के बाद भी कदाचित् तुम व्यक्तियों, वस्तुओं, घटनाओं से निरपेक्ष नहीं हो पाए वत्स। राग, द्वेष, घृणा आदि की क्षुद्र दुर्बलताओं पर विजय पाने में सफल नहीं हुए। यह तुम्हारी नहीं हमारी असफलता है, आनन्द!" बुद्ध की वाणी वेदना से पूर्ण थी, "ठीक है। तुम्हारे स्थान पर हम भिक्षु धर्मशील को भेज देते हैं।" आनन्द की गोद में रखे चरणों को वे सिकोड़ने लगे।

"ना स्वामी। हम ही जाएँगे। भूल हमारी ही है। आपके स्नेह-आशीष की छाया में रहकर भी हम आधे-अधूरे रह गए। आपने शल्य-क्रिया कर आत्मा को उस मवाद से मुक्ति दिला दी भगवन्।" दृढ़ निश्चय की आभा से आनन्द का मुख दीप्त हो उठा। कम्पन समाप्त हो गया। एक कोमल शान्ति से मन ओत-प्रोत हो गया।

"तुम्हारा कल्याण हो आयुष्मान्!" बड़े प्यार से तथागत ने पीठ पर हाथ फिराया।

"देवी की जय हो! भिक्षु आनन्द पधारे हैं।"

मखमली आसन्दी पर बैठी आम्रपाली की विचार श्रृंखला बिखर गई। आनन्द के आगमन का सुनते ही अपराध-बोध की विकलता से वह काँपने लगी। आनन्द का सामना कैसे कर सकेगी? रोक भी तो नहीं सकती? देह पाषाण-सी जड़ हो गई। मूर्तिवत् बैठी रही। धीर, गम्भीर, शान्त एवं करुणा की मूर्ति आनन्द आ खड़े हुए। सिर झुकाए सभी बैठे रहे। अभ्यर्थना में उठने का साहस भी न जुटा सकी।

"देवी आम्रपाली। महाप्रभु तथागत आगामी पूर्णिमा को संघ सहित आपका आतिथ्य ग्रहण करेंगे।" आनन्द की वाणी अमृतमयी थी।

हाँ-ना कुछ नहीं कह सकी।

"ख...ह...ख..." आनन्द ने कंठ साफ किया, "देवी चार वर्ष बाद कारागार

से मुक्त होने के बाद निश्चय ही हम आपकी हत्या करना चाहते थे। तभी भगवान् से भेंट हो जाने से हमारी जीवनधारा बदल गई। हमें आपसे कोई शिकायत नहीं है।'' वे एक क्षण रुके, ''तथागत आपका कल्याण करें, आयुष्मती!''

पलटकर वे धीर पग चल दिये। आम्रपाली को लगा उसे क्षमा कर बुद्ध अभी-अभी गए हैं।

आनन्द के मुख पर छाई मुक्ति की करुणा में डूबी आभा ने आम्रपाली को अभिभूत कर दिया। जिस सौन्दर्य के बल पर वह गणशोभिनी बनी थी, लगा वह तो अभिशाप सिद्ध हुआ है। गहरा निःश्वास ले नगरवधू के भव्य प्रासाद को निहारा। सहसा अनुभव हुआ कि वैभव-विलास के उस बन्दीगृह की तो वह बंदिनी है।

एक सुन्दरी की प्रभाव कथा

अभी उस दिन समय काटने के लिए मैं मौर्य कालीन इतिहास से सम्बन्धित साहित्य पलट रहा था। 'दिव्यावदान', 'अशोकावदान', 'महावंश' और चाणक्य का 'अर्थशास्त्र', ये सभी मुझे एक मित्र की कृपा से देखने को मिल गए थे। तभी एक अधनंगा ब्राह्मण मेरे सामने आ खड़ा हुआ। दिव्य ललाट पर त्रिपुंड लगा हुआ था। लम्बी-चौड़ी शिखा सिर पर थी। घुटनों तक की धोती के ऊपर का भाग वस्त्रहीन था। गले में शुभ्र धवल जनेऊ, हाथ में कमंडलु और पाँवों में खड़ाऊँ थी। उसकी तीक्ष्ण एवं सतेज दृष्टि किसी के भी मन-मस्तिष्क को गहरे तक भेद सकती थी। उस काले-कलूटे ब्राह्मण की तेजस्विता ने अभिभूत कर दिया। अपनी सतर्क दृष्टि मुझ पर गड़ाते हुए उसने प्रश्न किया, "जानते हो उस चन्द्र को सम्राट किसने बनाया ? उसे ऐतिहासिक गरिमा और वैभव किसने प्रदान किया ? किसकी प्रतिभा के बल पर वह इतिहास प्रसिद्ध हुआ ?"

"पर पर..." मैं हकलाया। मंत्र-बिद्ध सर्प के समान मैं कुर्सी से चिपक गया था।

"अरे जिज्ञासु, चन्द्र तो कठपुतली था। वह तो उसी दिन समाप्त हो गया था जिस दिन महामात्य राक्षस ने अपनी विष-सुन्दरी के नयन बाणों से उसे घायल कर दिया था। वह मूर्ख उस कामगन्धा के चरणों में गिरने के लिए आकुल-व्याकुल हो उठा, अपनी मृत्यु का आलिंगन करने के लिए उतावला। उद्दाम यौवन की महत्त्वाकांक्षा से पीड़ित नवयुवक को नियंत्रित करना कितना कठिन होता है ? सड़क पर खड़े व्यक्ति को सिंहासन पर पहुँचाना कितना दुष्कर काम

है? फिर भारत का एकीकरण, पश्चिमी सीमान्त पर मँडरा रहे यूनानी संकट से देश की रक्षार्थ सब कुछ कितना असाध्य था?'' भूतकालीन क्षितिज में उस ब्राह्मण की तेजोमय दृष्टि कुछ खोजने लगी।

''आचार्य चाणक्य ने तो इतिहास की धारा को ही मोड़ दिया था।'' मैं उन्हें वर्तमान में ले आया।

''कभी-कभी इतिहास को झकझोरना भी पड़ता है आयुष्मान! जब शासक लोक हित और सर्वजन के सुख के स्थान पर व्यक्तिगत स्वार्थ साधने लगे। विदेशी आक्रमण से राष्ट्र की रक्षा के स्थान पर भोग-विलास में डूबा रहे तो ऐसे शूद्र का काँटे के समान समूल नाश ही उचित है। शूद्र नन्द वंश इसी योग्य था।'' कूटनीति उसकी तीक्ष्ण दृष्टि में नाचने लगी।

इसी समय उस सुमुखी ने प्रवेश किया। उसके विगलित यौवन में भी एक तीखा आकर्षण था। काली सघन केश राशि के मध्य चमकनेवाले कई सफेद बाल उसके रूप को गरिमा ही प्रदान कर रहे थे। सुदीर्घ नयन, चंपक-सी उँगलियाँ और साँचे में ढले अंग, उसके पूर्व सौन्दर्य के साक्षी थे। मैं सहम गया। एक ओर श्याम वर्ण पर तेजोमय ब्राह्मण और दूसरी ओर स्निग्ध चन्द्रकला-सी रूप राशि।

''आपका कथन सत्य है आर्य श्रेष्ठ। नन्द वंश का नाश ही भारत की रक्षा का साधन था। परन्तु एक विष-कन्या से बचाने के बाद भी आर्य पुत्र सम्राट चन्द्रगुप्त मौर्य क्या अन्य सुन्दरांगनाओं के प्रभाव से बच सके?'' उस रूपवती के प्रश्न ने ब्राह्मण पर सीधा प्रहार किया।

''हाँ आर्ये, नारी अपने आप में एक आकर्षण होती है। और सौन्दर्य एक अमोघ अस्त्र। साधारण जन से सम्राट तक उससे प्रभावित हुए बिना नहीं रह सकते। और सामन्त-सम्राट तो नारी सौष्ठव के अच्छे शिकार सिद्ध हुए हैं। सुन्दरता की देहरी पर सर्वशक्तिमान सम्राटों ने भी अपने शीश झुकाए हैं। अपने को दीन-हीन भिखारी पाया है। रीति-रिवाज, मान्य परम्पराओं और विधि-विधानों को भी तोड़ा है।'' नारी प्रभाव के गम्भीर विवेचन ने उनके मुख को अधिक गम्भीर बना दिया।

मुझे उस रूपसी और कुरूप ब्राह्मण के विवाद में रस आने लगा। मैंने चर्चा के सूत्र को आगे बढ़ाया, ''मौर्य राज-प्रासाद भी विभिन्न जातियों, वर्णों, धर्मों और रूप-रंगों की रसिकाओं से भरा हुआ था। सम्राट चन्द्रगुप्त मौर्य की यूनानी

सेल्यूकस पर विजय के बाद क्या स्वयं महामात्य चाणक्य ने सम्राट का विवाह सेल्यूकस की पुत्री यूनानी सुन्दरी हेलन से नहीं करवाया था?''

''वह विवाह राजनीतिक अधिक था मित्र। भारत की सीमा-रक्षा के लिए इस विवाह सम्बन्ध का होना अत्यन्त आवश्यक था। भारत को सदैव गांधार (अफगानिस्तान) से संकट बना रहता था। गांधार को केन्द्र बनाकर विदेशी मलेच्छों ने इस देश को पराधीन बनाने का सतत प्रयत्न किया। हेलन से किए गए विवाह ने भारतीय सीमाओं को गांधार तक बढ़ा दिया था। वहाँ मौर्य सैनिक स्कन्धावार स्थापित हुआ। यूनानियों से किए गए विवाह सम्बन्ध ने सीमान्त शत्रुता को मैत्री में ही बदला था।'' उनकी दूरदृष्टि छिपे इतिहास को उजागर कर रही थी।

''इस सबके बाद भी तो वह सभी कुछ हुआ; जिसका विरोध आचार्य चाणक्य ने किया था? पाटलिपुत्र के उस इन्द्र सम राजप्रासाद में रसवंतियों की वे ही रंगरलियाँ पुनः अभिनीत होने लगीं। मौर्य वंशी राजकुमार राजप्रासाद के जल पुंजों में मछलियाँ पकड़कर मनोविनोद करने लगे। जल-विहार और तीखी सुराओं के मादक प्रभाव में रूपसियों के साथ जल-किल्लोल करना ही उनका धर्म बन गया। रूपगर्विताओं की वाक्यपटुता, चितवनों की चंचलता, अंग-संचालन का लोच और उनकी शोख तिक्तता में ही वे व्यस्त रहने लगे। आमोद-प्रमोद ही उनका जीवन बन गया।'' उस सुनयना के शब्दों में तीखापन था।

''हाँ आर्ये, राज कारण के साथ यह सब कुछ तो लगा ही रहता है पर राजपद की मर्यादा, वैभव और प्रतिष्ठा के लिए क्या कुछ नहीं करना पड़ता? फिर चन्द्र ने समस्त भारत जीतकर पहली बार एक राष्ट्र का आदर्श स्थापित कर दिया था। अतः युवराज बिन्दुसार के लिए भोग-विलास ही तो बचा था।'' ब्राह्मण श्रेष्ठ उसे समझाने लगे।

''इस सबने क्या अन्तःपुर में ईर्ष्या-द्वेष के बीज नहीं बोए? प्रासाद अनेक रूपसियों का अखाड़ा बन गया। पत्नियों, उपपत्नियों, रखैलों और दासियों की बहुलता ने प्रासाद के षड्यंत्रों को जन्मा। नारियों की आपसी प्रतिद्वंद्विता ने उन्हें अपने-अपने पुत्रों के भाग्य व हितों को सुरक्षित करने, उन्हें सँवारने के लिए प्रेरित किया। राजपद प्राप्त करने की होड़ को ही या इसने प्रोत्साहित नहीं किया? युवराज बिन्दुसार ने तो पाटलिपुत्र के राजमहल में अपना रनिवास अलग से ही

बना लिया था। उनके सौन्दर्य प्रेम की चर्चा और ह्रास-विलास की कथाएँ जनश्रुति बन गई थीं।'' उस रसिका की आलोचना अत्यन्त ही कटु थी।

''इतिहास में अनेक अन्तर कथाएँ छिपी रहती हैं, आर्ये। जनहित में उन सबको उजागर भी तो नहीं किया जा सकता। युवराज बिन्दुसार के अभाग की बात तुम क्या जानो देवी? उसके जन्म की दुर्घटना के संत्रास को जिन्होंने भोगा है उनकी व्यथा क्या कभी इतिहास ने प्रस्तुत की है?'' उनकी आँखें मुँद गईं। स्मृति पटल पर मानो मौर्य राजप्रासाद सजीव हो उठा।

''षड्यंत्र के उस युग में सम्राट के जीवन को बचाए रखना कितना दुष्कर था?'' वे मन्द-मन्द फुसफुसाने लगे। मानो रहस्य की किसी कथा को वे उद्घाटित कर रहे थे, ''विष प्रयोग द्वारा सम्राट की हत्या अत्यन्त सरल थी। नन्द वंश का समूल नाश हो गया था। परन्तु उसके समर्थक, नन्द महामात्य राक्षस के निर्देश पर दबे-छिपे साम, दाम, दंड, भेद की नीति से चन्द्र और उसकी शक्ति को नष्ट करना चाहते थे।

''चन्द्र साहसी था। दुस्साहसी भी उसे कह सकते हैं। कूटनीतिक चालों के लिए वह एक अच्छा शिकार था। तब महामात्य ने उसे प्रतिदिन विषपान का अभ्यास कराया। धीरे-धीरे चन्द्र उस स्थिति में पहुँच गया कि विष प्रयोग से उसकी मृत्यु नहीं हो सकती थी। परन्तु...'' एक क्षणार्ध के लिए वे रुक गए। हमारी साँस मुँह को आ गई। उन्होंने एक दीर्घ निश्वास ली, ''परिणामस्वरूप चन्द्र के शरीर में विष की मात्रा बढ़ गई। और यही घातक सिद्ध हुआ।

''एक दिन सम्राट अपनी प्रिय रानी दुर्धरा के साथ षटरस भोजन कर रहा था। चन्द्र के शरीर में इतना विष था कि उसके प्रभाव से ही दुर्धरा की तत्काल मृत्यु हो गई। महारानी गर्भवती थी। गर्भस्थ शिशु की रक्षा के लिए तुरन्त शल्यक्रिया की गई। शल्य-चिकित्सा द्वारा उदरस्थ शिशु को निकलवाकर उसके प्राण बचा लिए गए। वही शिशु युवराज बिन्दुसार था आर्ये। अतः राजकुमार के प्रति चन्द्र और महामात्य का विशेष मोह होना अनुचित न था। माँ के सुख से वंचित महाराजकुमार द्वारा अन्य नारियों के सुख को भोगना अनुचित तो नहीं ही माना जा सकता?''

अन्तरनिहित इतिहास के गूढ़ रहस्य के उद्घाटन ने मुझे स्तब्ध कर दिया। सारा प्रकरण किसी औपन्यासिक रोमांस से कम न था। मैं अचम्भित हो उठा।

उस सुमुखी के मुख पर भी अनेक रंगों के भावनात्मक खेल इन क्षणों में हो गए। कुछ क्षण हम नि:शब्द बैठे रहे।

तभी उनकी वाणी से मनोविनोद फूट पड़ा, ''देवी, यह क्यों भूल गईं कि रनिवास की सुन्दरियों में से एक अत्यन्त ही चतुरा थी। और अपने रूप की शक्ति के प्रति पूरी तरह से सजग भी थी। उसने उसी शक्ति के बल पर बिन्दुसार से क्या कुछ नहीं कराया? उस महत्त्वाकांक्षिणी रसिका ने अपने प्रियतम को कठपुतली की तरह नचाया भी तो था। यदि चन्द्र महामात्य चाणक्य की कठपुतली था तो बिन्दुसार भी चम्पा की उस ब्राह्मण सुन्दरी के कटाक्षों का कृपाकांक्षी आजीवन बना रहा। उसने जो चाहा, सम्राट बिन्दुसार से सभी कुछ करा लिया।'' उस रूपवती पर यह सीधी चोट थी।

''इस सबके लिए उसे कितना क्या भोगना पड़ा था आचार्य प्रवर? अन्य पन्द्रह रानियों की प्रतिस्पर्धा से कैसे जूझना पड़ा? उसके पिताश्री ने तो उसे साम्राज्ञी बनाना चाहा। पर राजसुख क्या सरल है? कितने काँटे बिछे हुए हैं उस मार्ग में?'' ऐसा लगा वह सपनों को टटोलने लगी थी।

राजपुत्र बिन्दुसार वन में लम्बे समय तक आमोद-प्रमोद और मनोविनोद कर अभी ही लौटे हैं। वन-विहार, मृगया और जल-विहार ने उन्हें थका दिया था। सुवासित जल से स्नान कर उन्होंने अपनी थकान दूर की। नए मनोरंजन हेतु वे अपनी राजसभा में जा पहुँचे। मित्र, सभासद, संगीतज्ञ आदि सभी उपस्थित थे। सुरा एवं संगीत का रस बहने लगा।

तभी प्रतिहारी ने निवेदन किया, ''महाराज कुमार की जय हो! साम्राज्य के एक प्रान्त चम्पा के ब्राह्मण श्रेष्ठ और उनकी सौन्दर्यशालिनी पुत्री स्वामी के दर्शनार्थ प्रस्तुत हैं।''

''वे क्या चाहते हैं प्रतिहारी? उन्हें दानशाला से दान-दक्षिणा दिलाकर विदा कर दिया जावे। वे हमारा रस भंग न करें।'' मुँह लगे रसिक सभासद् दुर्मुख ने आदेश दे दिया।

''महाप्रभु, मैं लेने नहीं देने ही आया हूँ।'' प्रतिहारी को अलग हटाकर चम्पा का वह दबंग ब्राह्मण सभा के मध्य आ खड़ा हुआ। और उसके पीछे ही ज्वाला-सा सौन्दर्य लिए थी एक तन्वंगी।

सभा दंग रह गई। स्वयं बिन्दुसार स्तब्ध रह गए। कुछ क्षण बाद उन्होंने जानना चाहा, ''आप हमें क्या देने आए हैं ब्राह्मण श्रेष्ठ?''

''स्वामी, मैं अपनी इस सुन्दर कन्या धर्मा को आपको समर्पित करना चाहता हूँ। इसका वास्तविक स्थान आपका अन्त:पुर है मुझ दरिद्र की कुटिया नहीं।''

''आप इन्हें हमें क्यों सौंपना चाहते हैं आर्य?'' धर्मा के रूप से अभिभूत युवराज की जिज्ञासा दुगुनी हो गई।

''महाराज कुमार, मेरी धर्मा मुझ दरिद्र का हीरा है। मेरे घर की दीप-शिखा। मैं नहीं चाहता कि इसकी रूप ज्वाला में मेरा घर और चम्पा जल जावे। न ही इसे चम्पा की नगर-वधू बनना पड़े। इस सबसे तो अच्छा यह है कि यह आपके अन्त:पुर की शोभा बने। महाप्रभु! मैंने इसे सभी कलाओं में दक्ष कर आपके योग्य बना दिया है। महाराज इसे स्वीकार कर मुझे अनुगृहीत करें।'' ब्राह्मण ने निवेदन किया।

धर्मा की रूपशिखा ने सभा को जगमगा दिया। युवराज स्वीकार अथवा अस्वीकार कुछ न कर सका। वह अपलक उस अनुपम सौन्दर्य को देख रहा था। धर्मा चुपचाप पैर के अँगूठे से धरती कुरेदने का प्रयत्न कर रही थी। अचानक सिर उठाकर उसने अपने सुदीर्घ एवं सतेज नयन युवराज की चकित आँखों में गड़ा दिये। बिन्दुसार को लगा मानो वह दृष्टि उसके मन की परतों को चीरकर अन्दर की गहराइयों को मथ रही है। उसकी वाणी अवरुद्ध हो गई। वह मंत्रबिद्ध सर्प की तरह बँध गया। तभी उसके कानों से संगीत की मादक स्वर लहरी टकराई।

''महाराज अन्त:पुर में प्रवेश के पूर्व मेरी भी एक शर्त है।'' धर्मा के स्वर में दृढ़ता व आत्मविश्वास था।

सभा स्तब्ध रह गई। सभी कुछ अप्रत्याशित जो घट रहा था। सर्वशक्तिमान मौर्य सम्राट चन्द्रगुप्त के जेष्ठ युवराज एवं भावी भारतेश्वर के समक्ष शर्तें रखने का साहस, नहीं-नहीं, दुस्साहस, अभी तक किसी ने नहीं किया था। ब्राह्मण भी अपनी पुत्री की शर्तों की बात सुन घबरा गया। यह सब तो उसकी योजना में था ही नहीं। हकलाते हुए उसने अपनी पुत्री को रोकना चाहा, ''ध...धर्मा...!''

''उन्हें अपना मन्तव्य प्रस्तुत करने दें, ब्राह्मण देवता।'' युवराज ने उसे रोक दिया।

"युवराज, वेद विहित विवाह और पाणिग्रहण के बाद ही मैं पत्नी बनकर अन्त:पुर में प्रवेश करूँगी। आपकी उप-पत्नियों, रखैलियों और दासियों की भीड़ में सम्मिलित होने की मेरी इच्छा बिलकुल नहीं है।" धर्मा का स्वर निष्कम्प और अडिग था।

राजसभा में सन्नाटा खिंच गया। वह बिन्दुसार जिसके भ्रू-विलास पर अनेक रूपसियाँ न्यौछावर होने को तत्पर रहती थीं, आज अपने को, इस दीन-हीन पर रूपगर्विता ब्राह्मण कन्या के समक्ष असहाय अनुभव करने लगा। वह सँभलकर प्रत्युत्तर दे इसके पूर्व ही उसे एक और प्रहार सहना पड़ा।

"महाराज कुमार, मैं नहीं चाहती कि मेरी भावी सन्तान युवराज और राजकुमारोचित सम्मान के स्थान पर अनौरसता के अपमान की पीड़ा का दुख जीवन भर भोगे।" उत्तेजना में धर्मा के तीखे नासापुट फड़कने लगे। रक्त की लाली ने उसके सुन्दर मुख की कमनीयता, आभा और ओज को दुगुना कर दिया। बिन्दुसार अवश हो गया।

"यदि आपको मेरी उक्त शर्तें स्वीकार हों तो ही मैं आपके रनिवास में प्रवेश करूँगी। अन्यथा...।" वह एक क्षण के लिए रुक गई। वह रुका हुआ क्षण सारी सभा, विशेषकर बिन्दुसार के लिए बहुत भारी हो उठा। धर्मा ने अपने शब्दों को तौलते हुए घोषित किया, "अन्यथा मैं स्वयंवरा बनकर आपकी सभा में उसी का वरण करूँगी जो मेरी शर्तें स्वीकार करेगा।"

सारी सभा में आतंक छा गया। मौर्य सम्राट के प्रिय पुत्र, उसके बाद सर्वाधिक महाबलि राजकुमार के सामने इस प्रकार की धृष्टता एक रूपगर्विता, रसवन्ती ही कर सकती थी। धर्मा ने बिन्दुसार के रूप रस लोभ की कमजोर नस को निर्दयता से कुचल दिया। व्याकुल कुमार ने इस बीच अनेक बार अपने स्वर्ण सिंहासन पर आसन बदला था। अचानक वह उठ खड़ा हुआ। सारी सभा उसकी दूर दृष्टि में घूम गई। सभासदों के सिर और दृष्टियाँ झुकी हुई थीं। पर सम्भवत: पतंगों के समान उनके रूप-लोभी नयन उस रूपशिखा के आस-पास ही घूम रहे थे।

सरलता से प्राप्त सुन्दरी और सफलता मूल्यहीन होते हैं। यदि इन्हें कष्ट उठाकर पाया जाए तो वे अमूल्य थाती बन जाते हैं। राजकुमार ने निश्चय कर लिया।

"हमें आपकी सभी शर्तें स्वीकार हैं शुभांगी! प्रतिहारी ब्राह्मण देवता और उनकी पुत्री का राजोचित सम्मान हो। और..." कुछ क्षण रुककर, अपने आज्ञा के प्रभाव को तौलते हुए युवराज ने पुनः आदेश दिया, "राजपुरोहित को विवाह के प्रबन्ध करने के आदेश दिये जाएँ।"

विवाह की मंगल वाद्य ध्वनियों के समाप्त होने के साथ ही युवराज मधुयामिनी मनाने सज्जित राजसी कक्ष में जा पहुँचे। उस मानिनी रूपगर्विता के मान-मर्दन का सुअवसर आ गया था। सोलह सिंगार ने धर्मा के सौन्दर्य को अधिक तिक्त एवं मादक बना दिया था। घुटनों पर सिर रखे वह प्रतीक्षा कर रही थी।

"शुभांगी, अब तो तुम्हारी अभिलाषा पूर्ण हुई?" युवराज आमोदप्रिय थे।

गर्विता धर्मा का अभिमान लज्जित होकर बिन्दुसार के चरणों में लोट गया।

"मैं तो आपके चरणों की दासीमात्र हूँ स्वामी।" नारी का समर्पण एक बार पुनः पराजित हुआ।

"तुम्हारा स्थान चरणों में नहीं हमारे हृदय कमल में है सुमुखी!" धर्मा बिन्दुसार के विशाल वक्षस्थल में खो गई।

चम्पा का वह दीन-दरिद्र ब्राह्मण, कन्यादान के बाद, भावी सम्राट का श्वसुर एवं परिजन बन, अमूल्य वस्त्राभूषण एवं भेंट-उपहारों के साथ अपने गृह नगर चम्पा की ओर उड़ा जा रहा था। सुरक्षा के लिए अनेक अंगरक्षक उसके रथ को घेरे चल रहे थे।

प्रिय रानी धर्मा को युवराज ने शुभांगी नाम प्रदान किया। बौद्धों के पाली साहित्य में शुभांगी धर्मा-सुभद्रांगी नाम से विख्यात हुई। धर्मा अपने सौन्दर्य और विद्वत्ता के बल पर बिन्दुसार के अन्तःपुर पर छा गई। चतुर रसवन्ती चन्द्रमुखी धर्मा के सामने रनिवास की अन्य सुन्दरियों का रंग उसी प्रकार फीका पड़ गया जैसे चन्द्रिका के सामने तारागण फीके पड़ जाते हैं। आर्यपुत्र बिन्दुसार के मन-मस्तिष्क पर वह राज करने लगी। ज्येष्ठ पुत्र सुशीम की माता की अपेक्षा धर्मा का दबदबा अधिक था।

"क्यों मानिनी धर्मा ने क्या कुछ नहीं पाया?" ब्राह्मण श्रेष्ठ ने अपनी तीक्ष्ण

दृष्टि उस सुमुखी पर गड़ा दी। "युवराज ने सभी मान्य परम्पराओं को ताक पर रखकर उस ब्राह्मण कन्या को मौर्य वंशजा भी तो बना लिया था। सर्वश्रेष्ठ मौर्यवंश में उसे सम्मिलित कर लिया। मौर्यवंशी क्षत्राणी बनना क्या कम गौरव की बात थी?" उस कृष्ण वर्ण ब्राह्मण ने कहा।

"यदि महामात्य चाणक्य को यह सब अस्वीकृत था तो उन्होंने इसका विरोध क्यों नहीं किया? वे तो उस समय भी साम्राज्य के सूत्रधार थे?" सुन्दरी फुफकार रही थी।

"महामात्य ने उन बच्चों के इस खेल को बिगाड़ना उचित न समझा।" ब्राह्मण देवता मन्द-मन्द मुस्कराने लगे। "फिर वे स्वयं अपनी जाति पुत्री के स्वाभिमान से स्नेह ही करते थे। और... !" एक क्षण वे रुके। हमें लगा न जाने वे और कौन-सा रहस्य उद्घाटित करने जा रहे हैं।

"और तब उत्तर-पश्चिम में मँडरानेवाले संकट की ओर ही उनकी दृष्टि थी। रनिवास के खेलों की ओर नहीं।" वे पुन: क्षितिज को टटोलने लगे।

ईसा पूर्व सन् 305 में यूनानियों के दल बादल, सेल्यूकस निकेटार के नेतृत्व में गांधार पर टूट पड़े। महामात्य चाणक्य सक्रिय हो उठे। सम्राट चन्द्रगुप्त मौर्य सेना के साथ सिन्धु नदी पार कर शत्रुओं पर गरुड़ के समान टूट पड़ा। शत्रु दल छिन्न-भिन्न हो गया। सेल्यूकस ने अपनी हार अन्तिम रूप से मान ली।

युवराज बिन्दुसार इन ऐतिहासिक परिवर्तनों से बेखबर धर्मा के रूप रस में डूब-उतरा रहा था। तभी धर्मा ने अशोक रूपी प्रेम प्रसून को प्रस्फुटित किया। सफलतापूर्वक चौबीस वर्ष तक शासन करने के बाद सम्राट चन्द्रगुप्त जैन श्रमण बन आचार्य भद्रबाहु के साथ दक्षिण चले गए। युवराज बिन्दुसार सम्राट बने, और उन्होंने अपनी प्रिया शुभांगी धर्मा को 'अग्रमहिषी' के पद पर अधिष्ठित कर दिया। नियमानुसार अग्रमहिषी धर्मा मौर्य मंत्री परिषद् की सदस्या भी बनी। उसके सौभाग्य से महामात्य चाणक्य ने भी राजनीति से संन्यास ले लिया था। आचार्य राधागुप्त महामात्य नियुक्त हुए। राजनीति धर्मा की उँगलियों में खेलने लगी। वह अपने पुत्र अशोक का भविष्य सुधारना चाहती थी। उसे न केवल सुशीम के समकक्ष वरन् सम्राट पद पर पहुँचाना उसका ध्येय था।

धर्मा ने जहाँ अशोक को सभी कलाओं और राजनीति में दक्ष किया; वहीं उसके पक्षधरों का एक दल भी गठित करना प्रारम्भ कर दिया। उसकी वाक्यपटुता, सुन्दरता और प्रतिभा ने महामात्य राधागुप्त और मंत्री परिषद् के बहुमत को अशोक का पक्षपाती बना दिया।

सम्राट बिन्दुसार पूर्वानुसार अपने राग-रंग में डूबा था। राजकारण में करने को कुछ अधिक था भी नहीं। अत: उसने यूनानी सम्राट एंटीओकस से मैत्री की। यूनान से अनेक प्रकार की स्वादिष्ट सुराएँ और फल आए। और आईं गौरांग नील नयनी तन्वंगी दासियाँ। परन्तु रनिवास में धर्मा का स्थान अडिग था। कोई भी उसे अपदस्थ न कर सकता था।

सम्राट शीघ्र ही सुरा व सुन्दरियों के रस से ऊबने लगा। तब वह धर्म एवं दर्शन की ओर झुका। सम्राट के लिए रसानन्द की नित नई सृष्टि करने में दक्ष धर्मा उसके परिवर्तन को भाँप गई। उसने अपने आध्यात्मिक गुरुओं, साधु पिंगलवत्स और ज्ञानासन से सम्राट का परिचय कराया। बिन्दुसार उनसे समय-समय पर धर्म चर्चा करने लगा।

धर्मा का प्रभाव इन धर्म चर्चाओं के मध्य भी अक्षुण्ण था। उसने अपने पुत्र अशोक के लिए साम्राज्य के महत्त्वपूर्ण प्रान्त अवंतिराष्ट्र के राज्यपाल का पद प्राप्त कर लिया। युवराज सुशीम तक्षशिला का राज्यपाल था। अशोक भी उसी के समकक्ष प्रान्त में अधिष्ठित हुआ।

सुशीम अभागा था। अग्रमहिषी धर्मा ने उसे अपदस्थ करने का निर्णय कर लिया था। तक्षशिला में सुशीम और मौर्य शासकों के कुप्रबन्ध के विरुद्ध विद्रोह फूट पड़ा। सम्राट चिन्तित हो गए। तब धर्मा एवं मंत्री परिषद् की राय पर अशोक को तक्षशिला के विद्रोह को कुचलने हेतु भेजा गया। माँ धर्मा के शुभाशीष एवं साम्राज्य की सेना के बल पर अशोक सफल हुआ। विद्रोह कुचल दिया गया। और साथ ही सुशीम की अयोग्यता समस्त मौर्य साम्राज्य व सम्राट के सामने उजागर हो गई।

दुर्भाग्य ने सुशीम का पीछा न छोड़ा। शीघ्र ही तक्षशिला में दूसरा विद्रोह हुआ, और पुन: अशोक के सिर सफलता का मुकुट बँधा। दूसरे विद्रोह ने सुशीम के राजपद के अधिकार के दावे को समूल नष्ट कर दिया।

चिन्तित सम्राट बारी-बारी से मंत्री परिषद् के सदस्यों की राय जानना चाहते थे। उत्तराधिकार की समस्या विकट रूप धारण कर उनके सामने थी।

"महाप्रभु! आप समस्त विचारों के संकट से त्राण पाएँ। युवराज अशोक ही राजपद के लिए सर्वथा योग्य हैं। मंत्री परिषद् के बहुमत का यही विचार है स्वामी।" महामात्य राधागुप्त ने निवेदन किया।

सम्राट विचारमग्न थे। सुशीम के प्रति उनका मोह अभी भी विद्यमान था।

"गुरुवर आपकी क्या मंत्रणा है?" सम्राट मानो पिंगलवत्स एवं ज्ञानासन से सहारा चाहते थे, सुशीम के लिए।

"आर्य श्रेष्ठ! मंत्री परिषद एवं महामात्य का कथन स्वीकारणीय है। संकट की घड़ी में युवराज अशोक की प्रतिभा सदैव कसौटी पर खरी उतरी है महाराज। इतने बड़े साम्राज्य के लिए ज्येष्ठ की अपेक्षा योग्य एवं श्रेष्ठ का चुनाव ही उचित होगा।" गुरु ज्ञानासन ने गम्भीर वाणी में मंत्री परिषद् का समर्थन किया।

मंत्री परिषद् की सारी कठपुतलियाँ अग्रमहिषी की उँगलियों पर नाच रही थीं। वह सम्राट और साम्राज्य पर अप्रत्यक्ष रूप से शासन कर रही थी। सम्राट टूट गए।

सन् 273 ई. पूर्व में सम्राट बिन्दुसार ने अन्तिम साँस ली। धर्मा विधवा हो गई। परन्तु उसके प्रभाव और सौन्दर्य में किसी प्रकार की कमी नहीं आई थी। अशोक अवन्ती में था और सुशीम तक्षशिला में। धर्मा ने तुरन्त अशोक को पाटलिपुत्र बुलवा लिया। तब तक मंत्री परिषद् और सेना को वह उसके पक्ष में साधे रही। अशोक के पाटलिपुत्र पहुँचते ही शोकमग्ना सुन्दरी धर्मा ने उसका स्वागत और मार्ग निर्देशन किया। उत्तराधिकार को सुशीम ने चुनौती दी, और तब युद्ध छिड़ा। सुशीम मारा गया। मौर्य शतरंज पर सारी चालें धर्मा की बिछाई थीं। बाजी उसी के हाथ रही। अशोक सम्राट बना, और धर्मा को अपनी महत्त्वाकांक्षा का चरम लक्ष्य प्राप्त हो गया।

"आर्ये! महामात्य पर आपने दोषारोपण तो खूब किया। चन्द्र को कठपुतली बनाने में वे सफल हुए। पर क्या धर्मा ने बिन्दुसार एवं मौर्य मंत्री परिषद् के साथ वही नहीं किया? कठपुतली की तरह उसे नचाया नहीं? और अपनी महत्त्वाकांक्षा के लिए सुशीम के मार्ग में काँटे बोकर गृहयुद्ध की ज्वाला में मौर्य वंश के

राजकुमारों को जलाया नहीं? शतरंज पर क्या उसने चाणक्य की चालें नहीं चलीं?'' ब्राह्मण की वाणी में तिक्तता थी।

''हाँ, आचार्य प्रवर, राजनीति एक गन्दा खेल है। जो भी उसमें फँसता है दलदल के समान फँसता ही चला जाता है।'' वह उदास हो गई।

''अच्छा अब चलें इस जिज्ञासु का काफी समय नष्ट किया।'' वे दोनों उठ खड़े हुए।

''जाने के पूर्व अपना परिचय देकर मुझे अनुगृहीत करें आचार्य श्रेष्ठ।'' मेरी उत्सुकता फूट पड़ी।

''अरे आप इन्हें नहीं जानते? आप ही हैं आचार्यों के आचार्य मौर्य साम्राज्य के निर्माता विष्णु गुप्त चाणक्य। आपके समक्ष रखी पुस्तक 'कौटिल्य के अर्थशास्त्र' के रचयिता आप ही हैं।'' उस सुन्दरी ने परिचय दिया।

मुझे जोरदार धक्का लगा।

''चलो अग्रमहिषी धर्मा हम चलें।''

पटाक्षेप भयंकर था। कुर्सी में मैं बर्फ-सा जम गया था।

गाथा एक सुलताना की

घड़ी की सुई ग्यारह पार कर चुकी थी। सारा घर सो गया था। लैम्प शेड में छिपी रोशनी का हलका दायरा किताबों पर नाच रहा था। सुबह क्लास में सुलताना रजिया पर लेक्चर देना था, इसीलिए मैं नोट्स तैयार करने में लगा था। कई पुस्तकें खुली पड़ी थीं। पढ़ते-पढ़ते सोचने लगा प्यार का खेल भी अजीब है। वह किसी को नहीं बख्शता। चाहे वह सर्वोच्च पद पर आसीन गरिमामयी सुन्दरी हो या साधारण नारी। मानो प्यार नारी की अनिवार्य आवश्यकता है।

इसी समय दरवाजे की थपथपाहट ने मेरी तन्द्रा तोड़ दी। आश्चर्य हुआ कि इस समय कौन आ सकता है? असमय, अज्ञात, अनापेक्षित मेहमान के आगमन पर झुँझलाहट ही हुई। पर, सभ्यता के संकोचवश द्वार खोला, स्वागत हेतु। देख कर दंग रह गया। एक लावण्यमयी रसवन्ती ने 'आदाब' के सुरीले स्वर से वार्तालाप का सिलसिला शुरू किया।

"जी...जी...अ...आप... ?" मैं हकलाया। लिबास से वे सम्भ्रान्त मुसलिम खानदान की लग रही थीं।

"आप किससे मिलना चाहती हैं?" मैं बोल पड़ा।

"आपसे ही मिलने आई हूँ।" स्वर बड़ा संयत था।

"जी...मुझसे? आप क्या चाहती हैं? मैं तो...।"

"मैं तो समझती थी कि आपकी सदी तहजीब (सभ्यता) के विकास की सबसे अच्छी सदी है?" उसने बात काटी, "पर लगता है आप लोग शायद

औरतों को घर से बाहर खड़ा रखकर ही चर्चा करते हैं।'' खूबसूरती की इस शहजादी के व्यंग्य ने मेरे दिल को चीर-चीर दिया।

''जी नहीं, ऐसी कोई बात नहीं है। मुझे मुआफ कीजिए मैं बौखलाहट में भूल गया था। आप तशरीफ रखिए ना।'' मैंने मनुहार की।

वो अन्दर क्या आई मदिर सुगन्ध से कमरा भर गया।

''मैं अपनी पत्नी को जगाता हूँ ताकि बातचीत बेतकल्लुफी से हो सके।'' हम दोनों के अकेलेपन ने मुझे सचेत किया।

''जी नहीं! मुझे उनसे नहीं आपसे ही बात करनी है।'' वह बेतकल्लुफ थी। ऐसा लगता था कि पर्दे के घेरों को तोड़ चुकी थी और पुरुषों से बात करने की वह आदी थी।

''कहिए, मैं आपकी क्या मदद कर सकता हूँ?''

''शायद आप कॉलेज में इतिहास पढ़ाते हैं, और लिखते भी रहते हैं?'' बड़ी मासूमियत से उसने पूछा।

''जी हाँ! कहिए आपकी कोई कठिनाई है? आप किस परीक्षा में बैठ रही हैं?'' मेरे अन्दर का प्रोफेसर जाग गया।

''जी नहीं, ऐसी कोई बात नहीं है। मैं कोई इम्तिहान नहीं दे रही हूँ! मेरे लिए तो...'', एक क्षण वह रुकी, ''मेरी जिन्दगी ही सबसे बड़ा इम्तिहान है। मेरी भी अपनी कुछ समस्याएँ हैं।'' वह फिर रुकी। शायद सोच रही थी पूछे या न पूछे। एक क्षण बाद :

''देखिए ये रजिया-याकूत का क्या मामला है? एक औरत होने के नाते मैं सोचती हूँ इस मामले में कहीं कुछ गड़बड़ है?''

''आपका मतलब?'' मैं अचकचाया।

''मेरा खयाल है रजिया के साथ इतिहास में अन्याय हुआ है। क्या एक समझदार औरत साधारण गुलाम के साथ इस प्रकार खुले आम मुहब्बत के तराने गाते फिरेगी? दिल्ली के उन हाट बाजारों में डोलेगी जो उन दिनों अफवाहों से भरे रहते थे?'' उसने बड़ा अच्छा विश्लेषण किया।

''लगता तो मुझे भी ऐसा ही है। परन्तु इतिहास में तो साफ-साफ रजिया-याकूत के प्रेम की कथा दी है।''

''जो कुछ लिखा जाता है, वह सब क्या सही ही होता है? लोग, खासकर

बड़े-बड़े अमीर-उमरा और सुलतान आदि बातों को अपनी इच्छानुसार इतिहास में क्या भर नहीं दिया करते थे?'' वह बहस पर उतर रही थी। मुझे भी रस आने लगा।

''क्यों नहीं, ऐसा कई बार हुआ है। कई बार तो बाजारू अफवाहों और सुनी-सुनाई बातों को भी इतिहास में जाने-अनजाने जगह मिल गई है।'' मैंने उसका समर्थन किया।

''बस-बस मैं यही चाहती थी।'' उसका सुन्दर मुख खिल उठा। वह उत्साहित हो गई। उसने बात आगे बढ़ाई।

''देखिए मैं भी एक औरत हूँ, एक मुसलिम औरत। और आप शायद उतनी अच्छी तरह से नहीं जानते कि मुसलिम समाज में लड़कियों-औरतों की क्या हालत है? आज की सदी में भी जब मुसलिम औरतें बुर्के-पर्दे में पाई जाती हैं, तो फिर आप तेरहवीं सदी की मुसलिम सामाजिक आचरण की मान्यताओं की तो कल्पना ही कर सकते हैं।''

'' हाँ, आप कह तो ठीक रही हैं पर...!'' मैं सोचने लगा यह खूबसूरत नाजनीन कौन हो सकती है? और आखिर वह मुझसे क्या चाहती है?

''देखिए, मैं यही तो चाहती हूँ कि आप सोचें, खूब सोचें पर सही दिशा में। फिर उस सदी के मुल्ला-मौलवी-काजी...।'' उसने मुँह को टेढ़ा किया। उसके इस तिरछेपन ने उसकी खूबसूरती को दो गुना कर दिया।

''देखिए, देखिए। मैं इसे नहीं मानता कि मुल्ला-मौलवी ही कट्टर होते हैं। इस प्रकार के लोग तो हर धर्म समाज में मिलते हैं।'' मैंने प्रतिवाद किया।

''आप सही कह रहे हैं। पर एक मुसलमान स्त्री होने के नाते मैं अच्छी तरह जानती हूँ कि यह कट्टरता हमारे लिए कितनी और क्या है। और फिर तेरहवीं सदी में वे उस समय के समाज व सल्तनत पर छाए थे। क्या रजिया को उनका और उनके सहयोगी सत्तालोलुप अमीर-मलिकों की लोलुपता का सामना नहीं करना पड़ा होगा?'' वह कुछ देर रुकी। मुझे बड़ा आनन्द आने लगा।

''मेरे अपने विचार से सुलताना रजिया जैसी नारी के अस्तित्व के लिए संकट के वे बड़े ही नाजुक क्षण थे। उनके अब्बा हुजूर सुलतान अल्तमश को खुद ऊपर उठने के लिए लगातार संघर्ष करना पड़ा था। वे पुरुष थे, इसीलिए सफलता ने उनके चरण चूमे। उन्होंने मलिक काबिर, मलिक बलबन और

अलाउद्दीन जानी जैसे गुलामों की मदद ली। अपने समर्थक चालीस अमीरों के दल का गठन किया। पर किसी इतिहासकार ने उनके चरित्र पर तो लाँछन नहीं लगाए?'' उसने मेरी ओर प्रश्न उछाला। मैं चुप लगा गया। उस नाजनीन से बीता इतिहास सुनना एक नया नशा दे रहा था।

''वे दिन ही ऐसे थे। कोई भी शासक मददगारों के बिना ज्यादा दिनों तक सत्ता में टिक नहीं सकता था। फिर जब रजिया ने अपने गुलाम याकूत की मदद ली तो उसे क्यूँ बदनाम किया गया? यदि वह पुरुष होती तो क्या फिर भी उसे इसी तरह बदनाम किया जाता?''

उसका कमसिन चेहरा उत्तेजना के कई चढ़ाव-उतारों के कारण तमतमा गया। मुझे लगा उसका यह प्रश्न सारी पुरुष जाति से था। मैं चुप बना रहा।

ऐसा लगा कि वह यादों के सपनों में खो गई थी। ''उन दिनों माहौल ही दूसरा था। पारिवारिक रिश्ते राजनीति को प्रभावित नहीं करते थे। उसके विपरीत वे रास्ते का रोड़ा माने जाते थे। अत: निर्दयतापूर्वक उन्हें हटा देना बुद्धिमानी की निशानी समझा जाता था।'' वह थोड़ी देर रुकी फिर बोली, ''मेरी समझ में एक बात नहीं आई। यदि पुरुष एक से अधिक औरतों से सम्बन्ध रखे तो वह उसकी मर्दानगी और शख्सियत की सफलता मानी जाती है। पर यदि कोई औरत किसी से हँस-बोल ले या शासन का काम चलाते हुए किसी को अपना विश्वासपात्र बना ले तो लोग उनके सम्बन्धों में 'कुछ' ढूँढ़ने का प्रयत्न करते हैं। रस ले लेकर उनके आसपास भली-बुरी अफवाहों के ताने-बाने बुनने लगते हैं। ताज्जुब है!'' हैरानी उसकी कजरारी आँखों से झाँकने लगी। मैं क्या उत्तर देता।

''पर एक बात न भूलिए। औरत कमजोर होते हुए भी बहुत ताकतवर होती है। वह जिन्दगी का मरकज-ए-कशिश है (केन्द्र-बिन्दु)। उसके इसी आकर्षण से भ्रमित हो राजाओं, नवाबों, सुलतानों, बादशाहों ने अपने हरम बनाए। आनन्द मनाने के लिए। ये हरम पुरुषों के लिए जन्नत बने हों, पर बेचारी नारी, उसके लिए तो ये कैदखाने थे। सुन्दरता का जहन्नुम (नर्क)। जहाँ औरतें अपने खूबसूरत जिस्मों और सपनों को दाँव पर लगाती थीं।'' वह उदास हो गई।

''आप ठीक कहती हैं। मैंने भी इस पर बहुत कुछ पढ़ा है।''

''आपने सिर्फ पढ़ा है प्रोफेसर साहब। हम औरतों ने तो इसे बर्दाश्त किया

है। उसे भोगा है। मर-मरकर उसमें जिया है।'' उसके स्वर में बड़ी तल्खी थी। वह नारी के संत्रास और त्रासदी को ही प्रस्तुत कर रही थी।

''आप तो जानते ही हैं कि सुलतान अल्तमश भी अपने को नारी के आकर्षण से बचा न पाए। रजिया की अम्मी के अलावा भी उनकी कई बेगमें और रखैलें थीं। शम्सी हरम सभी रूप-रंगों, नाक-नक्शों और कद वालियों से भरा हुआ था। और वे सुल्लान-ए-हिन्द की हवस पूरी करने तथा मनोरंजन का साधन थीं। सुलतान इल्तुतमिश रजिया को बहुत प्यार करते थे। वे उसकी माँ को मानते थे।'' वह कुछ क्षण रुकी। ''और यही शाह तुर्कानी की जलन का कारण था। शाह तुर्कानी एक साधारण तुर्क गुलाम रखैल थी। पर अपनी चंचल खूबसूरती और जिस्मानी उभार के बल पर बेगम का दर्जा पा गई। खुदा की मेहरबानी से रुक्नुद्दीन को उसने जन्म दिया। एक लड़के को जन्म देने के कारण हरम और सुलतान की निगाहों में उसका मान बढ़ गया। बस इसने उसका दिमाग खराब कर दिया।'' उसकी साँस भर आई। चेहरे पर लाली छा गई। साँस के साथ उठते हुए उसके वक्ष ने उसे और भी अधिक कँटीला बना दिया। जो वह कह रही थी वह सब मैं जानता था, पर उससे सुनने का मजा कुछ और ही था।

''हरम में औरतों की बहुलता से उनमें आपसी ईर्ष्या-द्वेष के बीज फल रहे थे। हर कोई सुलतान को अपने वश में रखना चाहती थी। अपने बच्चे का भाग्य सुरक्षित रखने के लिए प्रयत्नशील थी। इससे विरासत की परेशानी भी पैदा हो गई। अमीर-मलिक अलग मुँह बाए खड़े थे। पर इसमें कोई सन्देह नहीं कि हरम की बेगमों में शाह तुर्कानी वास्तव में मूर्खों में महामूर्ख थी।'' और वह हँसने लगी। मोती की लड़ियों जैसे दाँतों की चमक ने मुझे भी लहरा दिया। मैं भी मुस्कराया।

''कई बेटे-बेटियों के होते हुए भी सुलतान हुजूर अपनी बेटी रजिया को प्यार करते थे। वह उनकी सबसे अजीज बेटी थी। हरम में उसी की अम्मी का पाया ऊँचा था। कूशके फिरोजी में उन्हीं का सिक्का चलता था। शिकार पर भी सुलतान रजिया को सदा साथ ले जाते थे। उन्हीं की कोशिश से उसने तीरंदाजी और तलवारबाजी में महारत हासिल कर ली थी। सल्तनत के कामों की भी जानकारी उसे दी जाने लगी थी। और आपको मालूम नहीं शायद, सैनिक, प्रशासकीय और सियासी मामलातों पर चालीस अमीरों से सलाह-मशविरा करते वक्त वे रजिया को भी साथ रखते थे। मानो वे रजिया में जी रहे थे।

"उन्हीं दिनों उन्होंने एक गुलाम खरीदा था। नाम था उसका जमालुद्दीन याकूत। बड़ी गजब की ताकत उसमें थी। साँचे में ढला उसका आबनूस-सा काला बदन। हाय अल्लाह! मैंने ऐसे इनसान के बारे में अभी तक नहीं जाना। और फरमाबरदार इतना अधिक कि कुत्ता भी शर्माए। सुलतान ने इन्हीं गुणों से प्रभावित हो उसे रजिया का अंगरक्षक बना दिया। और वह अपनी स्वामिनी के आसपास छाया की तरह मँडराने लगा।

"सुलतान इल्तुतमिश अपने बेटों से नाखुश थे। रुक्नुद्दीन का ज्यादा समय शराब, साकियों, शिकार और हरम की नाजनीनों की सोहबत में गुजरता था। और दूसरे लड़के भी लायक न थे। दुर्भाग्य से सुलतान के सबसे बड़े और योग्य पुत्र मलिक नासिरुद्दीन महमूद का थोड़े दिनों की बीमारी के बाद इन्तकाल हो गया। इसने बादशाह का दिल तोड़ दिया।"

वह हर बारीक घटनाओं की बड़ी सफाई और बारीकी से विवरण दे रही थी। मैं उसकी इस विस्तृत जानकारी पर दंग था।

"इसीलिए सुलतान को रजिया से अधिक प्यार था। वे उस समय की दकियानूसी के मान से अधिक प्रगतिशील थे। अमीरों के षड्यंत्री स्वभाव से सुलतान अच्छी तरह परिचित थे। उन्हें अपने लड़कों की अयोग्यता का बड़ा गम था। उन्हें डर था कि उनके बाद कोई महत्त्वाकांक्षी मलिक या खान सल्तनत उनके बच्चों से छीन न ले। वे सल्तनत को अपने शम्सी घराने में बनाए रखना चाहते थे। उन्होंने रजिया को सुलतान बनाने का प्रगतिशील और साहस भरा निर्णय ले लिया।

"ग्वालियर विजय के बाद सुलतान ने मशरीफ-ए-मुमालिक दबीर ताज-उल-मुल्क महमूद को हुक्म दिया, "रजिया को हमारा उत्तराधिकारी घोषित किए जाने की बाबत फर्मान निकाल दो।" जिस समय फर्मान लिखा जा रहा था, कुछ अमीरों ने दबी जुबान से विरोध किया, 'बादशाह-ए-इस्लाम बड़े-बड़े बेटों के होते हुए किस कारण और क्या देखकर बेटी को बादशाह बना रहे हैं?' बादशाह ने उत्तर दिया, 'मेरे बेटे ऐशो-इशरत में डूबे हुए हैं। उनमें से कोई भी सल्तनत के योग्य नहीं है। वे इस सल्तनत का शासन ठीक से नहीं चला सकते। मेरी मौत के बाद तुम्हें पता चल जाएगा कि इसके मुकाबले राज्य शासन कोई न कर सकेगा।'

''सभी अमीर चुप हो गए। अब सिक्कों पर सुलतान ने अपनी प्रिय बेटी का नाम भी लिख दिया। वे रियाया और खासतौर पर चालीस अमीरों के दिमाग पर रजिया को भावी सुलतान के रूप में स्थापित करना चाहते थे। पर मलिक जुनैदी रजिया का छुपा हुआ दुश्मन था। वो और उसके साथी अमीर किसी औरत की हुकूमत नापसन्द करते थे। इसका पता रजिया को बहुत बाद में चला। सुलतान के सामने तो किसी को कुछ बोलने की हिम्मत न हुई।'' मुझे ऐसा लगा उसने ठंडी साँस ली।

''हिजरी सन् 633 में बदकिस्मती से सुलतान बीमार पड़ गए। उनकी बीमारी की खबर फैलने के साथ ही षड्यंत्र के एक नए दौर का सिलसिला चल पड़ा। शाह तुर्काना भी चुप न रह सकी। उसने भी गन्दी राजनीति खेलनी शुरू कर दी। हरम गम में डूबा था। रजिया चाहती थी कि सुलतान हुजूर जल्द अच्छे हो जाएँ पर खुदा को कुछ और ही मंजूर था। बीमारी बढ़ती गई। सोमवार 20 शाबान 633 हिजरी (29 अप्रैल,1226) को सुलतान खुदा को प्यारे हो गए।'' उसके विवरण ने एक सन्नाटा खींच दिया। उस हसीना की कथन शैली इतनी दिलकश थी कि मैं भी अपने आपको रजिया के समय की घटनाओं के बीच में महसूस करने लगा।

''सुलतान की मौत ने चालीसियों पर से अंकुश हटा दिया। शाह तुर्काना की सक्रियता को सफलता मिली। उसने चालीसियों में से कई मलिकों को अपनी ओर फोड़ लिया। रूढ़िवादी चालीस अमीर रजिया, एक लड़की, को सुलतान बनाने से हिचक रहे थे। उसके विरोधियों का सरगना वजीर जुनैदी अब खुलकर रजिया का विरोध करने लगा। अपने बेटे रुक्नुद्दीन को सुलतान बनाने में शाह तुर्काना जीत गई। पर नए सुलतान को कठपुतली बनाए रखने के चक्कर में एक माँ ने अपने बेटे को मौत के मुँह में ढकेल दिया।

''नए सुलतान के आसपास हसीन साकियों और जायकेदार शराबों का ढेर लगा दिया गया। वह नाममात्र का शासक सिद्ध हुआ। उसे साकी-ओ-शराब से फ़ुरसत कहाँ थी। चालीस अमीर यही चाहते थे; एक कठपुतली। पर शाह तुर्काना उसे चालीसियों की नहीं वरन् अपनी कठपुतली बनाए रखना चाहती थी। धीरे-धीरे उसने सारी सत्ता हड़प ली।'' वह रुक्नुद्दीन के दुर्भाग्य से दुखी थी ऐसा मुझे लगा।

"सुलतान रुक्नुद्दीन शराब और नाजनीनों के बीच लोटने लगा। हाथी पर सवार होकर वह जब देहली के बाजार से गुजरता तो दोनों हाथों से सिक्के लुटाते चलता था। उसके आसपास मसखरों और वेश्याओं का मेला लग गया। दिल्ली दरबार नर्तकियों के घुँघरुओं की झंकार से गुंजारित होने लगा। यही सब उसका काल बना।

"इधर शाह तुर्काना ने पहला वार हरम पर किया। स्त्रियोचित जलन को दिखाते हुए उसने हरम की अन्य सुन्दरियों पर भयंकर अत्याचार किए। उनमें से कई को चुपके से मरवा डाला। वह रास्ते से सबको हटा देना चाहती थी। पर ये बातें अधिक दिनों तक हरम की चहारदीवारी में छुपी न रह सकीं। जुल्म की ये कथाएँ दिल्ली के बाजार में फैल गईं। सुलतान के एक अन्य भाई मलिक गयास ने, जो अवध का सूबेदार था, विद्रोह कर दिया। इसी समय तुर्काना ने एक शहजादे कुतुबुद्दीन की आँखों में गरम सलाखें गड़ाकर उसे अन्धा करवा दिया और बाद में उसकी हत्या करवा दी गई। इस हत्याकांड से चारों ओर भय और आतंक फैल गया। विद्रोह की आग भड़क उठी। मलिक सालारी, काबिर खाँ, कूची आदि ने बदायूँ मुलतान और हाँसी में बगावत कर दी। सारी सल्तनत में अव्यवस्था फैल गई।" इतिहास बड़ी सफाई से उजागर कर रही थी वह। कहीं कोई खामी न थी।

"रजिया बड़ी गमजदा थी। इन घटनाओं ने उसे बड़ा सदमा पहुँचाया। पहले तो तुर्काना की उस पर हाथ डालने की हिम्मत न हुई। पर उसका असली निशाना वही थी। उसके जिन्दा रहते रुक्नुद्दीन और खासकर वो खुद अपने को खतरे में महसूस करती थी। अब उसने उसे अपने रास्ते से हटाने की कोशिश शुरू कर दी। रजिया को बन्दी बनाने और उसकी हत्या का षड्यंत्र बुनना आरम्भ कर दिया। तब उसे भी हरम की चहारदीवारी छोड़कर मैदान में आना पड़ा। उसने दिल्ली की जनता और फौज से अपनी सुरक्षा की अपील की। तब रियाया व सेना अपने सुलतान की प्यारी बेटी की रक्षा में उठ खड़ी हुई। शहर के निवासियों ने महल सरा पर हमला कर तुर्काना को कैद कर लिया। शाही सेना व कुछ अमीरों ने भी रजिया का साथ दिया। रुक्नुद्दीन व तुर्काना मौत के घाट उतार दिये गए। रजिया को यह सब कुछ नापसन्द था। परन्तु हालात की मजबूरी से उसे भी समझौता करना पड़ा। वे अस्तित्व की रक्षा के दिन जो थे।

''संकट की इन घड़ियों में हब्शी गुलाम याकूत ने उसका पूरा साथ निभाया। उसने सेना व प्रजा को रजिया के पक्ष में मिलाया। कुछ अमीरों को भी फोड़ लिया। सुलताना के समर्थकों का एक दल उसने बड़ी जल्दी बना लिया।'' उसकी आकर्षणमयी आँखों से कृतज्ञता झलकने लगी।

''सुलताना ने भी अपने विश्वासपात्रों को इनाम देना उचित समझा। यह उस समय की परम्परा थी। उसने अपने समर्थकों को ऊँचे पद दिये। याकूत को अमीर-ए-आखूर बना दिया। यह कदम दूसरों को नहीं भाया। वे याकूत से घृणा करने लगे। पहले उसे षड्यंत्र के द्वारा हटाने का प्रयत्न किया गया। उसकी हत्या का षड्यंत्र भी रचा गया। पर हब्शी बड़ा चतुर-चालाक सिद्ध हुआ। अमीरों के सभी प्रयत्न उसने विफल कर दिये। सतर्कता के कारण कोई उसका कुछ न बिगाड़ पाया। दरबार कई दलों में बँट गया। मलिक जुनैदी, जानी और कूची, सुलताना के कट्टर शत्रु थे। कुछ अमीर-मलिक तटस्थ रहकर परिस्थितियों का जायजा ले रहे थे, कि किस तरफ मिलने में अधिक लाभ हो सकता है? पर सुलताना का सबसे बड़ा सहारा थी देहली की रियाया व सेना।

''सल्तनत का काम पर्दे में रहकर नहीं हो सकता। आप तो जानते ही हैं कि सभी प्रकार के लोगों से शासकों को मिलना पड़ता है। इसीलिए रजिया ने बेपर्दा होने का निर्णय कर लिया। सहूलियत के लिए वह मर्दाना पोशाक भी पहनने लगी। फिर आदमी और औरतों के मुसलिम लिबास में कहाँ बड़ा अन्तर होता है? पहले भी रजिया मर्दाना कपड़े पहन कर हाथी की सवारी करती थी, शिकार खेलने अपने अब्बा के साथ जाती थी। बालों को काबू में रखने के लिए कुल्हा (पगड़ी) भी पहनने लगी। प्रजा से नजदीकी रिश्ते बनाए रखने के लिए उन्हें दर्शन भी देने लगी। कभी-कभी हाथी पर सवार होकर बाजार व सैनिक छावनी में पहुँच जाती थी। उसे कठपुतली बनाने का इरादा रखनेवाले अमीरों को यह पसन्द नहीं आया।''

वह थोड़ी देर के लिए रुक गई। मैंने देखा चंचलता उसकी सुन्दर आँखों में नाचने लगी। एक शोख मुस्कराहट से उसने कहा—''सुलताना रजिया ने अभी तक शादी नहीं की थी। उसका कुँवारापन सभी की नजरों में नाच रहा था। शायद हर एक चाहता था कि वह उसके आगोश में गिर पड़े। और उसके जरिए सल्तनत

पर कब्जा किया जा सके। लेकिन रजिया जल्दबाजी किसी काम में पसन्द नहीं करती थी। शादी का मामला तो और भी पेचीदा था।

"परन्तु उतावला जुनैदी जल्दी ही खुलकर सामने आ गया। उसने बगावत कर दी। पर रजिया हर मुखालिफत को कुचलने के लिए दृढ़ थी। उसने तय कर लिया था कि वह कठपुतली नहीं बनेगी। देहली की सेना व प्रजा की मदद से उसने विद्रोह कुचल दिया। जिस किसी ने गड़बड़ी की उसे सुलताना ने सख्ती से दबाया। मलिकों को यह नहीं भाया। अपने ही कबीले के तुर्की अमीरों की महत्त्वाकांक्षा का शिकार उसे होना पड़ा। उसके खुलेपन और दबंगपन से वे निराश हो गए। रजिया ने भी उनके प्रभाव को कम करने का निश्चय कर लिया। वह गैरतुर्की और अपने पक्षपातियों को बढ़ावा देने लगी। तुर्की मलिक घबड़ा गए। वे अपने को अपमानित अनुभव करने लगे।

"जब तुर्की मलिक खुले रूप में सुलताना का सामना न कर सके तो उन्होंने दूसरा रास्ता अख्तियार किया। वे अच्छी तरह से जानते थे कि शाही फौज और रियाया ही सुलताना की खास ताकत है। और इसी सुदृढ़ नींव पर वह खड़ी है। जब तक वह देहली में है, वे उसका कुछ नहीं बिगाड़ सकते। उन्होंने उसकी जड़ें काटने के लिए एक चाल चली। उन्होंने उसके चरित्र की हत्या का निम्न हथकंडा अपनाया। उसके प्यार की कथाएँ गढ़ी जाने लगीं।" वह उदास हो गई। थोड़ी देर चुप रही। फिर मेरी ओर सिर बढ़ाकर राजदार की तरह वह फुसफुसाई, "देखिए, मैं आपको औरत की कमजोरी और पुरुष के सबसे बड़े हथियार का राज बतलाती हूँ।" पास होने से उसके शरीर से उठनेवाली कुँवारेपन की सुगन्ध ने मुझे मदहोश कर दिया। लगा जैसे बिना पीये ही मुझ पर नशा चढ़ गया है। वह पीछे हट गई और झुके-झुके उसने चर्चा आगे बढ़ाई। "सार्वजनिक जीवन में भाग लेनेवाली हर स्त्री वैसे भी अफवाहों का केन्द्र रहती है और एक शासक को मजबूरन कई की दुश्मनी मोल लेनी पड़ती है। सुलताना के साथ भी यही हुआ। अमीरों ने उसके और याकूत के प्यार के शिगूफे छोड़ना शुरू कर दिये। कहा जाने लगा 'याकूत सुलताना का प्रेमी है', 'वह सुलताना की कमर में हाथ डालकर उसे घोड़े पर बिठाता है', 'वह उसके साथ रँगरेलियाँ करती है।' " वह चुप हो गई। पीछे खिसक कर सोफे पर लुढ़क गई। एक स्तब्ध सन्नाटा हम दोनों के बीच तैरने लगा।

उसने मुझसे अचानक प्रश्न कर दिया, ''क्या सुलताना, इतनी मूर्ख और कम- अक्ल हो सकती थी, जो सरेआम अपनी मुहब्बत का इजहार करती?'' वह तमतमा गई।

थोड़ी देर की चुप्पी के बाद वह हँस पड़ी, ''सुलताना को अपने विरोधियों की मूर्खता पर दुख हुआ। सच बात तो यह है कि उसने घुड़सवारी कभी की ही नहीं। सवारी के लिए वह सदा हाथी का उपयोग करती थी। उसकी उदासीनता से उसके दुश्मनों को कामयाबी मिलने लगी।'' वह पुनः गम्भीर हो गई।''शायद प्यार के समान राजनीति भी नैतिक नियमों का पालन नहीं करती।'' उसकी गम्भीर सुन्दरता ने मुझे विचलित कर दिया। कुछ रुककर उसने पुनः छोड़े हुए सूत्र को पकड़ लिया।

''आप तो जानते ही हैं, मुहब्बत की कहानियाँ बड़ी रंगीन और दिलकश होती हैं। लोग रस ले लेकर उनकी चर्चा करते हैं। और यदि वे किसी खूबसूरत और नौजवान राजकुमारी से सम्बन्धित हों तो ज्यादा मजा देती हैं। लोगों की इस कमजोरी को रजिया समझ न सकी। उसने दुश्मनों की अफवाहों को नजरअन्दाज करने की भयंकर भूल कर डाली। और यही उसके पतन का कारण बना। सारी देहली रजिया-याकूत की मुहब्बत की दास्तानों से गूँज रही थी। और वह थी बेखबर।

''ठीक समय पर मलिकों ने वार किया। उनके इशारे पर तबरहिन्दा के खान अलतूनिया ने बगावत का झंडा खड़ा कर दिया। और जब उसे कुचलने के लिए सुलताना ने देहली छोड़ी तो राजधानी में भी मलिकों ने बगावत फैला दी। सेना में फूट पड़ गई। देहली की जनता ने भी उसका साथ छोड़ दिया। प्रजा उसे चरित्रहीन मानने लगी थी। उस चरित्रहीन सुलताना को वह कैसे माफ कर सकती थी। याकूत की हत्या कर दी गई। बेचारा!'' काली झाँईं उसके चेहरे पर तैर आई।

''रजिया ने भी एक चाल चली। अभी तक उसने अपनी खूबसूरती और जिस्म का उपयोग नहीं किया था। पर अब उसने उसी का सहारा लिया। वह अलतूनिया की कैद में थी। अलतूनिया के दिल में प्यार की घंटियाँ बजने लगी थीं। और रजिया ने उसे अपनी मृणाल-सी भुजाओं के घेरे में ले लिया। वह अब अलतुनिया की बेगम थी।

''देखिए, यह दुनिया बड़ी अजीब है। रजिया ने जब सही रूप में प्यार किया, किसी ने उस पर ध्यान नहीं दिया। और झूठे प्यार की कहानियों ने लोगों को बड़ा आकर्षित किया।'' वह एक क्षण पुनः चुप रही फिर बोली, ''उन दोनों ने मिलकर देहली पर असफल हमला किया। पर वे हारी बाजी के लिए लड़ रहे थे। क्योंकि उसके समर्थन का सबसे बड़ा पाया ढह चुका था।''

अचानक वह चुप हो गई। मानो एक बड़ी लम्बी चढ़ाई के बाद थककर बैठ जाए।

''ओफ्फोह! आपने तो इस सफाई से सुलताना रजिया की वकालत कर दी है कि मैं दंग हूँ। क्या बात है, आपको रजिया से इतनी दिली हमदर्दी क्यों है?'' मैंने उसे छेड़ा।

''आप यह क्यों भूल रहे हैं कि मैं भी एक औरत हूँ और चाहती हूँ कि रजिया, उस नारी के प्रति न्याय किया जाए—मुझे दुख तो इस बात का है कि इतिहासकारों ने एक नारी के साथ न्याय नहीं किया है। उन्होंने रजिया के दुश्मनों द्वारा उड़ाई गई अफवाहों को इतिहास में ठूँस दिया। वे पीढ़ियों को गुमराह कर रहे है।''

मैं विचारों की तन्द्रा में खो गया।

''और हाँ!'' सन्नाटा तोड़ने की गरज से मैं बोल पड़ा, ''देखिए, मैं आपका बड़ा आभारी हूँ। आपने उस समय के इतिहास का जो बढ़िया विश्लेषण किया वास्तव में वह सुन्दर व सर्वोत्तम है। मेहरबानी कर अपना परिचय तो दीजिए।''

''क्या मैं और क्या मेरा परिचय।'' वह अचानक उठ खड़ी हुई, ''मैं ही वह अभागी रजिया हूँ जिसने यथार्थ की इस त्रासदी और विडम्बना को भोगा है। जिसकी आत्मा सच्चाई और न्याय माँगने के लिए इतिहास के आडम्बर में घुट रही है।''

''तो...तो...अ...आप...रजिया हैं?'' मैं हकलाते हुए हड़बड़ाकर उठ खड़ा हुआ, ''आप सुलताना रजिया...आप...यहाँ इस वक्त... ?''

''आप क्या बड़बड़ा रहे हैं? काफी रात बीत चुकी है। चलिए ठीक से सो जाइए।'' श्रीमतीजी सामने खड़ी मुझे झकझोर रही थीं।

मैं हत्‌बुद्धि था। शायद किसी से कुछ कहता तो पागल समझा जाता, सपनों में खो जानेवाला।

पत राखो आलीजाह

मन की बेचैनी को दूर करने के लिए वह गुनगुनाई...म्हारी...पत...राखो... आलीजाह...पर आलीजाह ने पत नहीं राखी। कुछ समय पहले ही कासिम खाँ बतलाकर गया था कि सुलतान लड़ाई हार चुके हैं। न केवल वे पराजित हुए वरन् अपनी जान बचाने के लिए बुरहानपुर की ओर भाग खड़े हुए हैं। उसका राजपूतानी मन किसी भी तरह से इस कायरता को स्वीकार करने के लिए तैयार नहीं हो रहा था। लज्जाजनित दुख से वह भर गई। पर कर भी क्या सकती थी ? भूलने के अलावा कोई चारा भी न था। दुख उसे इस बात का नहीं कि वो भाग खड़े हुए। कष्ट तो इस बात का है कि ऐसा करते वक्त एक पल के लिए भी क्या वो उन्हें याद नहीं आई ? उन्हें उसकी याद भर आ जाती तो शायद ऐसा शर्मनाक कदम नहीं उठाते। पुरुष कितने मुखौटे पहन सकता है, नारी इसका अन्दाजा नहीं लगा सकती। वह कल्पना नहीं कर सकती थी कि जिस सुलतान ने उसके लिए अपनी जान न्योछावर करने के वायदे किए थे, वह उसे संकटों के भँवर से जूझने के लिए अकेला छोड़ जाएगा। जिसने साथ जीने-मरने की कसमें खाई थीं पहला मौका मिलते ही भाग खड़ा हुआ ? शायर, कवि और साहित्यकार बातें तो बड़ी-बड़ी कर लेते हैं, उन पर अमल करना शायद उनके बस की बात नहीं ? हमलावर दरिन्दों का सामना करने के लिए हरम को छोड़ गए। वो यह भूल गए कि उनकी प्रेमिका नृत्यांगना, कवयित्री के साथ ही पहले राजपूतानी है। आन, बान, शान, इज्जत और लाज की रक्षा के लिए जौहर उसे विरासत में मिला है। विचारों के जाल में ऐसी उलझी कि दासी सुरीली के आने का पता ही न चला।

जुहार कर सुरीली सिर नीचा किए चुपचाप खड़ी हो गई। रानी सा की नजर पड़े तो अरज करे। रानी सा थी कि अपने में ही डूबी हुई। चोर दृष्टि से सुरीली उन्हें निहार लिया करती थी। काफी समय बीतने के बाद भी जब रानी सा ने उसकी ओर ध्यान ही नहीं दिया तो लाचार हो, उनका ध्यान खींचने के लिए अरज करनी पड़ी, "घणी खम्मा राणी सा?"

"कौन?" पूछने के साथ ही सुराहीदार गर्दन को उसने मोड़ा, "अरी सुरीली तुम! बोल कई बात छे?" कुछ भी सुनने के लिए अपने मन को उसने तैयार कर लिया।

"बड़ी बुरी खबर हे राणी सा। अभी-अभी पतो लाग्यो के सारंगपुर से दर कोस दर मुकाम करतो आधम खान मांडू घेरणे वास्ते बड्डी सेना का साथे रवाना हुई ग्यो हैं। जीत रो उखे इत्तो विस्वास थो कि सारंगपुर पर हमलो करने का पेलेज पीर मुहम्मद का कमान में एक घुड़सवार दस्तो अग्गेज मांडू भेज दियो। वो दस्तो कदी भी मांडू घेर लेगो।" घबराहट सुरीली की बातों से फूटी पड़ रही थी। डर से उसका चेहरा फीका पड़ गया था।

कोई उत्तर दिये बिना वह चुपचाप उसे चुभती दृष्टि से निहारती रही। मन की व्याकुलता और परेशानी के किसी भी चिह्न को उसने अपने खूबसूरत चेहरे पर उभरने नहीं दिया। वह जानती थी यदि उसे डरा हुआ मान लिया गया तो रनिवास में तत्काल कुहराम मच जाएगा। तब शत्रु का सामना करने में शक्ति लगाने के बजाय उसे रनवास को सँभालने में बरबाद करना पड़ेगा। उसका चेहरा दृढ़ता से सख्त हो गया। वह उत्तर दे उसके पहले ही दूसरी दासी दौड़ी-दौड़ी आ पहुँची :

"रा...णी...सा...जी...राणी...सा...घ...णी...ख...ख...म्मा..." भागकर आने के कारण उसकी साँस फूल आई थी। वक्ष तेजी से उठ-गिर रहा था। बड़े-बड़े कजरारे नयनों से वह ताकने लगी।

"घणी...खम्मा...राणी...सा" बोलने के साथ ही झुककर वह बार-बार जोहार कर रही थी। घबराहट के कारण बोल टुकड़ों में निकल रहे थे।

"घबरा मत भानू। पहले शान्त हो। फिर धीरज सी बता काई हुओ?" उसने संयत स्वर में पूछा।

"राणी सा हुजूर। मुगल फौज ने किल्लो घेर लियो।"

"जवाहर सिंह जी ने किले का दरवाजा बन्द तो करा दिया नी?" उसने जानना चाहा।

"हाँ हुजूर। किल्ला का दरवाजा तो बन्द करायाज हे बुर्जी पर फौज भी तैनात कर दी हैं।"

"फिर परेशानी होण जसी कोन-सी बात? जो भी होयगा उको सामनो सबख मिलीन करनू पडगा भानू। डरयो सो मरयो। यो समय हिम्मत रखण को हैं।" उसने साहस बँधाया। एक क्षण रुकी, कहे या न कहे। उसने कहना ही उचित समझा तो बोली, "सुलतान बाजबहादुर आलीजाह की इज्जत को सवाल है। जौहर कराँगा सुलतान की पत राखागा।"

"जो हुकुम हुजूर।" सुरीली और भानू दोनों ने एक साथ उत्तर दिया।

"जाओ रनवास ख सँभालो। जब तक हम हैं कोई ख भी चिन्ता करन की जरूरत नी।" दृढ़ता से उसने आदेश दिया।

"जो हुकुम राणी सा हुजूर।" दोनों सिर झुका प्रणाम कर रनवास की ओर चल दी।

दिन ढलते-ढलते आधम खान भी एक बड़ी मुगल फौज और तोपखाने के साथ मांडू आ धमका। सिपहसालार के आ जाने से पीरमुहम्मद और उसके सैनिकों का हौसला दुगुना हो गया। मशालों के उजाले में रात में ही आधम खान ने घूम-घूमकर युद्ध के मैदान का निरीक्षण किया। किले का भी मुआयना कर लिया। उसने सामरिक महत्त्व के ठिकानों पर तोपें लगवा दीं। वह अच्छी तरह से जानता था कि मांडू के किले में फौज तो नाममात्र की होगी। सबसे बड़ी संख्या तो बाजबहादुर के रनिवास में है। उस भगोड़े ने सुन्दरियों, गायिकाओं, नर्तकियों और कलाकारों का बेशकीमती खजाना इकट्ठा कर रखा है। उस खजाने का सर्वोत्तम हीरा है हुस्न-ओ-जमाल की मलिका रानी रूपमती। उसकी खूबसूरती, नाच और गाने में उसकी महारत के चर्चे सारे हिन्दोस्तान में हैं। मुगल सम्राट और उसके दूधबन्द भाई शहंशाह अकबर भी उससे न केवल प्रभावित हैं, उसे पाना भी चाहते हैं। उसे अपना बनाने की हसरत आधम खान भी अपने दिल में पाले हुए था। वह इस बात को मानता था कि हारे हुए दुश्मन के हरम की सुन्दरियों पर कब्जा करना विजेता का अधिकार है। वह जानता था कि इस समय मांडू की कमान रानी रूपमती के पास है। अपनी उपस्थिति को दर्ज कराने के

लिए रात में ही उसने तोप से दो-तीन गोले दगवा दिये।

मर्दाने वेश में रूपमती तलवार लिये बुर्जियों पर सुरक्षा के उपायों का जायजा ले रही थी। उसके साथ थे आदिल खाँ और जवाहर सिंह। मांडू में सभी को मालूम था कि वे हारी हुई लड़ाई लड़ने वाले हैं।

"रानी साहिबा। दुश्मन के पास एक बड़ी फौज है। तोपखाना तो आप देख ही चुकी हैं। फिर सारंगपुर में जीत हासिल हो जाने से उसका मनोबल बहुत ऊँचा है। आधम खान दिल्ली से भी कुमुक मँगवा सकता है।" चलते-चलते आदिल ने परिस्थिति रखी, "स्थिति बहुत नाजुक है रानीजी।"

"हम जानते हैं आदिल खाँ साहेब। अपमानजनक समर्पण की बजाय शान की मौत मरना क्या ठीक नहीं रहेगा?" वह एक क्षण रुकी, "हो सकता है इन हालातों से निपटने के बाबत आपके सुलतान कोई सन्देश भेजें। शायद खानदेशी सेना लेकर हमारी मदद पर आ जाए।" एक झूठी आशा उसकी बात में झलक रही थी।

"उचित तो यही होगा रानी साहिबा आप महल में पधारें। दुश्मन गोलाबारी कर रहा है। आपको कहीं कुछ हो गया तो सुल्तान हुजूर को क्या उत्तर देंगे? लड़ाई बाबत विचार-विमर्श अन्दर करें तो ही ठीक होगा।" जवाहर सिंह ने अदब से राय दी।

"आप बजा फरमा रहे हैं जवाहर सिंह जी। चलिए रानी साहिबा अन्दर चलिए।" आदिल खाँ ने समर्थन किया।

सिपाहियों को सावधान रहने का आदेश दे वे महल में चल दिये।

वह बुत बनी बैठी महल की दीवार पर टँगे चित्र को निहार रही थी। उसमें बाजबहादुर और वह घोड़ों पर बैठे शिकार हेतु जा रहे थे। उसकी क्षीण आशाएँ पल-पल मर रही थीं। रनिवास ही नहीं सारा मांडू आतंकित था। क्या होगा, कोई नहीं जानता। आधम खान और पीर-मुहम्मद हृदयहीन हत्यारे हैं। सबसे ज्यादा परेशान हैं हरम की सुन्दरियाँ।

"आदाब रानी साहिबा।" आदिल खाँ ने उसकी विचार तंद्रा तोड़ी।

उठकर उसने स्वागत किया, "नमस्कार खाँ साहेब। आइए, बिराजिए।"

"हुजूर रानी साहिबा मुगल सिपहसालार आधम खान ने किले में रसद पहुँचने के सारे रास्ते काट दिये हैं।"...ख...ह...ख...खखार कर गला साफ करते

उसने बात आगे बढ़ाई, ''कहीं से किसी मदद की कोई उम्मीद भी नहीं है रानी साहिबा।''

रूपमती समझ रही थी। आदिल का इशारा अपने सुलतान बाजबहादुर की ओर ही था। निरुत्तर वह आदिल को चुभती नजरों से निहारती रही।

''कोई न कोई रास्ता तो निकालना ही पड़ेगा रानीजी। ऐसे कब तक चलेगा?''

''आपकी क्या राय है?''

''यह नाचीज क्या राय दे सकता है हुजूर। आप जो भी हुक्म देंगी बन्दा बजा लाएगा।'' आदिल ने बात उसी पर टाल दी।

हैरान-सी वह देखती रह गई। मार्गदर्शन देने के बजाय आदिल एक औरत पर निर्भर हो रहा है। एक लम्बी साँस लेकर उसने उत्तर दिया, ''यदि आधम खान हम सबको सुरक्षित रूप से जाने दे तो हम किला उसे सौंपने को तैयार हैं।''

''हुजूर। आधम खान ने यह खत आपके हुजूर में भेजा है।'' एक हिचकिचाहट के साथ आदिल ने खत पेश कर दिया है।

खत में लिखा था—'हसीनों की मलिका को खादिम आधम खान का आदाब। हमारा सामना करना बेकार है। फिर हम आप जैसी हसीना से लड़ने में खुद को नाकाम पाते हैं। आपकी नाजुक कलाइयों में तलवार नहीं सितार और खूबसूरत मेहंदी रचे पाँवों में घुँघरू ही अच्छे लगते हैं। आपकी नजरों के तीरों की चर्चा ने ही हमें घायल कर रखा है। आपकी जगह मैदाने जंग में नहीं हमारे पहलू में है। कायर बाजबहादुर से मदद की उम्मीद न करें। हमारे होते वह इधर आने की हिम्मत नहीं करेगा। यदि आपने हमारी अरज नहीं मानी तो हम मांडू की ईंट से ईंट बजा देंगे। मांडू में कत्लेआम होगा। और इसके लिए जिम्मेदार होगी...तुम।'

अंकशायिनी बनने का खुला निमंत्रण धमकी भरा था। घृणा से वह सिहर उठी।

''क्या हुक्म है रानी जी?''

''विचार करने का हमें थोड़ा मौका दिया जाए। साँस लेने का समय माँगने में क्या हर्ज है?''

''जो हुकुम। मैं आधम खान को सूचना भिजवाए देता हूँ। अच्छा आदाब।'' सलाम कर आदिल चला गया।

"घणी खम्मा राणी सा।" रतनसिंह ने प्रणाम किया।

रूपमती का चिन्तित उदास मुरझाया चेहरा खिल उठा।

"कब आए? आलीजाह का क्या आदेश है? कब आ रहे हैं मदद पर?"

"हुजूर...राणी...सा, बड़ी मुश्किल से बच-बचा के आया हूँ।" असमंजस में वह रुक गया।

रूपमती समझ गई, कोई ऐसी बात है जिसे कहने में रतनसिंह हिचकिचा रहे हैं।

"बेडर हुई के बतलावों। आलीजाह की कांई आज्ञा है?" व्याकुल उत्सुकता से उसने जानना चाहा।

कुछ भी कहने का साहस रतनसिंह जुटा नहीं पा रहा था।

"आज हम कुछ भी सुनने को तैयार हैं। रतनसिंहजी आप निडर होकर बतलाइए उनका क्या हुकुम है?"

"कैसे कहूँ स्वामिनी?" रतनसिंह की वाणी में द्वंद्व था।

"आगे-पीछे कहना तो पड़ेगा। हम आपकी स्वामिनी आज्ञा देती हैं। सन्देश सुनाओ।" रूप का स्वर कठोर था।

"जो हुकुम। रानी जी...रा...नी...सा...सुलतान ने हुकुम दिया है रनवास की सुन्दरियाँ जान की खातिर कहीं आधम खान को समर्पण...इसलिए उन सबको ख...खत्म...।" जल्दी-जल्दी सन्देश उगलकर वह चुप हो गया।

वह स्तब्ध रह गई। मूर्तिवत् बैठी रही। हर पल भारी पड़ रहा था। लम्बी साँस ले धीमे से उत्तर दिया, "आप जा सकते हैं रतनसिंह जी। अगला आदेश हम बाद में देंगे।"

"जो आज्ञा।" प्रणाम कर रतनसिंह चला गया।

प्यार का विश्वास टूट गया। तसवीर को देख वह हँस पड़ी एक पागल हँसी। बड़बड़ाने लगी :

"तुमन म्हारी पत नी राखी आलीजाह
सोनो नी माँग्यो, चाँदी नी माँगी
ना माँग्यो उदयपुर को राज"

"बस। इतनी ज कदर करी। इतना साल साथ रहण का बाद भी अपनी रूप

ख नी पहचाण्यो ? एक पारसा, पुतुरिया समज्या। नारी-पुरुष का सम्बन्ध को आघार तो विश्वास परज टिकेल रहजें। जब उज नी रहयो तो जीण को काई मतलब ? हे भगवान ! अब तुमज म्हारी पत राखजो। आलीजाह समान बे विश्वास मत करजो।'' उसे लगा आधम खान समर्पण के जरिए उसकी हत्या करना चाहता है, और बाजबहादुर ने अविश्वास के खंजर से उसे मार डाला। वह तो मर चुकी है। अब तो सिर्फ औपचारिकता पूरी करना भर बाकी रह गया है।

देहदान

प्राची से पीताभ अरुणिमा ने दिगन्त में फैलकर एक नए सौन्दर्य की सृष्टि कर दी थी। छितराए बादलों के छोरों को स्वर्णिम लालिमा ने आलोकित कर रखा था। पक्षियों के दल वातायन के आँगन में किल्लोलरत थे। सौन्दर्य रस से ओत-प्रोत उस विहान का अवलोकन कर विश्वामित्र की आत्मा आनन्दानुभूति से भर गई। वे गुनगुनाए, "उषे! तुम्हारा यह रूपजाल, है कितना मादक।" निसर्ग ही नहीं जगत की प्रत्येक सुन्दर वस्तु का रूप उनके प्राणों में एक उन्माद जगा जाता था। विशेषकर नारी की सुन्दर देहयष्टि उनकी दुर्बलता थी। राजसी वैभव-विलास का त्यागकर आश्रम का रुक्ष जीवन अपनानेवाले कौशिक मन-कामनाओं को जीत नहीं पाए थे। उस स्वर्णिम विहान पर उषा रूपी नारी का आरोपण इसी दुर्बलता की अभिव्यक्ति थी।

अधिकांश शिष्यों के कल ही चले जाने से आश्रम सूना हो गया था। आश्रम का सूनापन कहीं आत्मा में न उतर आए इसीलिए उन्होंने प्रिय शिष्य गालव को रोक लिया था। गालव का सौम्य व्यवहार, ज्ञान पिपासा और समय की शिला पर चिह्न अंकित करने की महत्त्वाकांक्षा, सभी कुछ उन्हें अच्छे लगे थे। दीनहीन परिवार के इस सुदर्शन युवक ने जिस लगन से विद्या अर्जित की उससे वे प्रसन्न थे। योग्य व्यक्ति को अपना सब कुछ सौंपने पर मन इसलिए आश्वस्त रहता है कि हमारे बाद भी हमारी उज्ज्वल परम्परा सुरक्षित रहेगी।

पर उसे भी कब तक रोका जा सकता है? नए छात्रों के आगमन तक तो वह रुक ही सकता है? आश्रम में जाने के लिए वे ज्यों ही मुड़े छात्रों के एक

दल को उन्होंने आते देखा। नेत्रों में स्नेह की चमक उतर आई। छात्रों के नए दलों के आ जाने से आश्रम की चहल-पहल पूर्ववत हो गई। गालव की सहायता से उन्हें व्यवस्थित रूप से पर्णकुटियों में बसा दिया गया। आश्रम का जीवन जब सामान्य हो गया तो गालव ने प्रणाम कर विदा माँगी।

''गुरु दक्षिणा स्वरूप दास क्या प्रस्तुत करे भगवन्!'' गालव ने ससंकोच पूछा।

''वत्स! यह आवश्यक नहीं है कि तुम गुरु दक्षिणा दो ही! हम तुम्हारे परिश्रम, लगन से अत्यन्त प्रसन्न हैं। अत: गुरु दक्षिणा दिये बिना भी तुम जा सकते हो।''

''प्रभु! यदि आप दक्षिणा नहीं लेंगे तो विद्या हमें फलीभूत नहीं होगी।'' गुरुदेव के तेजस्वी अरुणिम मुख को श्रद्धापूर्वक निहारते हुए गालव ने दीन वाणी में निवेदन किया।

''नहीं पुत्र! हमारा आशीर्वाद लेकर तुम नि:संकोच प्रस्थान करो। तुम्हारी भक्ति, सेवा, अनुशासन सभी कुछ स्तुत्य है। गुरु दक्षिणा के बन्धन से हमने तुम्हें मुक्त कर रखा है।'' विश्वामित्र के प्रत्येक शब्द से अनुराग झर रहा था।

''पर...स्वामी...कुछ तो इस दास से स्वीकार करें ही।'' न जाने क्यों गालव को विश्वास था कि गुरुवर्य साधारण-सी दक्षिणा ले उसे आशीष प्रदान कर देंगे।

शिष्य के दुराग्रह ने विश्वामित्र को कुपित कर दिया, ''गालव! अस्वीकार करने के बाद भी दक्षिणा देने हेतु तुम्हारा इतना आग्रह है तो फिर हमारी आज्ञा है कि तुम दक्षिणा के रूप में आठ सौ ऐसे श्वेत रंग के अश्व प्रदान करो जिनका एक कर्ण श्याम हो।...अन्यथा...अ...न्य...था...हमारे द्वारा प्रदत्त समस्त विद्या...तु...तुम...भूल जाओगे...।'' बात समाप्त करते-करते विश्वामित्र का स्वर चढ़ गया। स्नेहानुराग का स्थान आवेश ने ले लिया।

कल्पना के विपरीत माँगी गई दक्षिणा ने गालव को कँपकँपा दिया। उसका मन बैठ गया। सिर चकराने लगा। भय से मुख सूख गया।...य...यह...दक्षिणा...इसे पूरा करना...असम्भव है...एकदम...असम्भव...पर...अब...किया ही क्या जा सकता है?... बाण धनुष से छूट चुका था! उसे लौटाया नहीं जा सकता था। अपनी ही मूर्खता पर उसे क्रोध आने लगा।

''ज...जो...आज्ञा...देव!''...इससे अधिक और कुछ कहने का साहस गालव

नहीं जुटा पाए। प्रणाम कर शिथिल पग आश्रम के बाहर चल दिये। मन:स्थिति इतनी करुणाजनक थी, मानो आश्रम नहीं श्मशान से लौट रहे हों।

निरुद्देश्य, बेभान से गालव चले जा रहे थे। आस-पास के वन प्रान्तर की सुषमा का आनन्द उठाने की मानसिक स्थिति उनकी न थी।

"गालव...मित्र...गा...ल...व...," आत्म-लीन, दिशाहीन मित्र को भटकते पा वेनतेय गरुड़ चकित से देखते ही रह गए। उत्तर देना तो दूर गालव रुक ही नहीं रहे हैं। लगभग दौड़कर गरुड़ ने उन्हें जा पकड़ा। कन्धे को हिलाते हुए पूछा, "मित्र...क्या बात है... ? कहाँ खोए हो ?...कहाँ जा रहे हो ?"

"आह !...गरुड़...बन्धु !...क्षमा करना भाई।...ह...हम...तुम्हें देख नहीं पाए।... प...पर...बन्धु।" गालव ने वेनतेय के हाथों को अपने हाथों में ले लिया था। वे ठिठक गए, कहे या न कहें ?"

"क्या कष्ट है मित्र ?" गरुड़ ने इतनी आत्मीयता से पूछा कि गालव का मन स्वतः खुल गया। अपनी व्यथा कह सुनाई।

"प्रियवर ! हमने अपनी ही मूढ़ता से संकट मोल ले लिया है। गुरुदेव ने तो प्रत्येक बार स्नेहपूर्वक दक्षिणा लेने से अस्वीकार किया था। पर...हमने ही...।" बड़ी देर से घुमड़ रहा दुख अश्रु बनकर बह निकला।

कुछ क्षण दोनों मौन खड़े रहे।

"खैर ! जो कुछ हुआ उस पर पश्चात्ताप करने से क्या लाभ ? अब तो आगे का मार्ग खोजना चाहिए।" बात गरुड़ ने ही आरम्भ की। अजाने में ही वे चलने लगे। कुछ देर चुपचाप चलते रहे। अबोले की अवधि लम्बी-सी होती लगी। तभी आशा की एक किरण ने गरुड़ के मुख को आलोकित कर दिया।

"मित्र गालव ! किसी राजा-नरेश की सहायता के बिना यह कार्य सम्भव नहीं। क्यों न हम आर्यावर्त के किसी दानी-उदार सम्राट से आर्थिक सहायता प्राप्त करें ?"

"मस्तिष्क निष्क्रिय हो जाने से हमें तो कुछ भी सूझ नहीं रहा है बन्धु। तुम जो भी परामर्श दोगे स्वीकार्य है मुझे।" गालव ने गरुड़ का हाथ थाम लिया।

"प्रिय ! तुम्हारी मन:स्थिति का मैं अनुभव कर रहा हूँ। हम महाराज ययाति के पास चलें। भरत खंड के शासकों में वे श्रेष्ठ हैं। उनके दान-पुण्य के प्रताप से देवता तक प्रभावित हैं। निश्चय ही वे तुम्हें इस संकट से उबारेंगे।" उत्साहित गरुड़ गालव को खींच ययाति से भेंट हेतु चल पड़े।

सारी कथा सुनने के बाद महाराज ययाति गम्भीर हो गए। स्वयं को उन्होंने धर्म संकट में पाया। गालव एवं गरुड़ उन्हें आशा भरी दृष्टि से निहार रहे थे। गालव जैसे याचक को वे खाली हाथ लौटाना नहीं चाहते थे।

''ब्राह्मण श्रेष्ठ! इस प्रकार के आठ सौ अश्वों का एक ही स्थान पर प्राप्त होना सम्भव नहीं लगता। फिर इन्हें एकत्र करने में भी पर्याप्त समय लगेगा!...हमारी तो राय है कि आप इनके स्थान पर समुचित मात्रा में राजर्षि को गऊएँ दक्षिणा के रूप में दे दें तो उचित रहेगा।'' ययाति ने दूसरा मार्ग सुझाया।

''नहीं राजन, नहीं! सम्भवत: यह ठीक नहीं रहेगा। एक तो गुरुदेव दक्षिणा लेना ही नहीं चाहते थे। हमने ही मूर्खतावश उन पर गुरु-दक्षिणा हेतु दबाव डाला। तब उन्होंने अश्वों की माँग कर दी।...अब...अब उनकी इच्छा के अनुरूप दक्षिणा न देकर हम गुरुतर अपराध के भागी होंगे महाराज!'' गालव अत्यन्त कातर हो गए।

ययाति ने दीर्घ निश्वास ली। उन्होंने स्थिति स्पष्ट करने का निर्णय ले लिया।

''मुनिवर! कदाचित् आप विश्वास नहीं करेंगे। पर है यह सत्य। हम एक गम्भीर आथिक संकट में हैं...कुछ काल पूर्व ही सौ यज्ञों का अनुष्ठान कर हमने अपना अधिकांश दान में दे डाला है।...प...र...।'' ययाति का मस्तिष्क तेजी से काम कर रहा था।

गालव का मुख उतर गया। 'पर' शब्द ने आशा की एक क्षीण किरण गरुड़ को पकड़ा दी। वे समझ गए दानवीर महाराज गालव को खाली हाथ लौटाना नहीं चाहते।

''अरे कोई है...दौवारिक...।''

''महाप्रभु।'' विनीत मुद्रा में दौवारिक ने प्रणाम किया।

''देखो सुमेध! अन्त:पुर से राजकुमारी माधवी को सादर लिवा लाओ। कहना हमने स्मरण किया है।''

''जो आज्ञा देव!'' प्रणाम कर, उलटे पग सुमेध चला गया।

कुछ ही क्षणों बाद अन्त:पुर के चिनांशुक पट को हटा एक अनिंद्य लावण्यमयी को गालव और गरुड़ ने धीर पग आते देखा। दीर्घ मीन लोचन, सुडौल नितम्बों के भार से दबी क्षीण कटि पर फैली सुचिक्कण वेणी में गुँथा फूलों का गजरा, लालिमा युक्त गौर वर्ण, वक्षस्थल का तीक्ष्ण उभार। मादक सौन्दर्य की प्रखरता

के कारण उन्होंने नजरें झुका लीं। श्वाँस रोक अगामी अप्रत्याशित घटना की प्रतीक्षा करने लगे।

प्रणाम कर सिर नीचा किए माधवी खड़ी हो गई।

''आओ पुत्री...आओ...हम आपको कष्ट देना चाहते हैं राजकुमारी!...संकट के इन क्षणों में...आप ही हमें...उबार सकती हैं...हमारा धर्म...सन्मान...वचन...पुण्य लाभ...सभी कुछ आपके हाथ में है...।'' ययाति अपनी ही आत्मजा से याचना करने लगे।

''आज्ञा तात!'' वीणा विनिन्दित स्वर लहरी कक्ष में फैल गई।

''बेटी! आर्य श्रेष्ठ गालव श्याम कर्णी आठ सौ श्वेत अश्वों के क्रय हेतु हमसे आर्थिक सहायता माँगने आए हैं, ताकि भगवान विश्वामित्र को गुरु-दक्षिणा दे सकें। और इस प्रकार के अश्व अयोध्या नरेश हर्याश्व, काशीराज दिवोदास और भोजराज उशीनर के पास ही हैं।...आप जानती हैं...हम सहायता देने की स्थिति में नहीं हैं...हम अपना सर्वस्व यज्ञों में दान कर चुके हैं।...पर...हम उन्हें...रिक्त हस्त...निराश... लौटाना...नहीं चाहते कुमारी...।''

''हमें क्या करना होगा प्रभु?'' सुजान माधवी समझ गई कि पिताश्री उससे कुछ अपेक्षा रख रहे हैं।

''बेटी!...हम आपको...हमारा अर्थ है...आप ऋषिवर गालव के साथ जाएँ...उन्हें...उन्हें अश्व प्राप्त करने में सहायता दें...।'' बात को पूरी करने में ययाति ने स्वयं को असमर्थ पाया।

''य...ये...अ...आप...क्या कह रहे हैं...राजन?'' ययाति के अकल्पित प्रस्ताव ने गालव ही नहीं गरुड़ को भी हड़बड़ा दिया। वे स्तब्ध रह गए।

''इसके अतिरिक्त अन्य कोई मार्ग नहीं है मुनिवर! आपको खाली हाथ लौटाकर हम पाप के भागी नहीं बनना चाहते। आप निःसंकोच माधवी का दान स्वीकार करें। हम स्वेच्छा से उन्हें आपको दे रहे हैं। आप तो जानते ही हैं, हम आर्यों में किसी प्रकार की यौन वर्जनाएँ नहीं हैं। हमारा समाज एक खुला समाज है। नियोग की प्रथा हमारे यहाँ प्रचलित है। अतः माधवी का उपयोग अन्यथा नहीं होगा। विश्वास है इससे प्राप्त पुण्य लाभ से हमें आप वंचित नहीं करेंगे।''

चर्चा में व्यस्त वे तीनों भूल गए कि जिसके भाग्य का निर्णय किया जा रहा है, वह माधवी भी एक मानवी है। उसकी अपनी भावनाएँ, सपने और इच्छाएँ हैं।

क्षणार्ध के लिए माधवी का मनोहारी आनन काला पड़ गया। विचारों का अन्धड़ मन को मथने लगा। पुण्य लाभ के माध्यम से स्वर्गकामी पिता अपनी पुत्री ही को अनैतिक कर्म हेतु बाध्य कर क्या उचित कर रहे हैं? परिस्थिति की गम्भीरता को दृष्टिगत रखते हुए उसने तत्काल अपनी भावनाओं पर नियंत्रण स्थापित कर लिया।

''जो आज्ञा महाराज!'' वह मात्र इतना ही कह सकी। जीवन व्यापार के प्रत्येक नाटक की मूक दर्शिका बने रहना ही उचित होगा।

''पहले कहाँ चलना होगा ऋषिवर?'' माधवी की मधुर प्रार्थना गालव की चेतना लौटा लाई।

''म...मेरे...हमारे...पास...हमारा अर्थ है...कृतज्ञता प्रगट करने हेतु शब्द नहीं है महाराज।'' गालव का कंठ भर आया।

''इसकी आवश्यकता भी नहीं है गालव श्रेष्ठ!'' ययाति का मुख तृप्ति से दीप्त था।

''तब आज्ञा दें राजन।'' तत्काल चल देने को आतुर गालव ने अनुमति माँगी।

''पधारें भगवान...। पर...एक निवेदन और है...कार्यसिद्धि के पश्चात्... विश्वास है आप मा...ध...वी...को।''

''निश्चय ही उन्हें आपको सौंप जाऊँगा महाराज!'' आश्वासन दे गालव तत्क्षण चल दिये।

पिता को प्रणाम कर माधवी गालव का अनुसरण करने लगी। विदा लेने के पूर्व वेनतेय ने एक ओर ले जाकर अपने मित्र को समझाया कि माधवी को सौंपने के पूर्व प्रत्येक राजा से अनुबन्ध करें कि अश्वों के बदले उन्हें राजकुमारी से एक सन्तान प्राप्त करने का अधिकार रहेगा। सन्तान जन्म के तत्काल बाद माधवी को लौटाना होगा। स्वीकार्य होने पर ही माधवी को सौंपे। वैसे उन्हें विश्वास है कि इस रत्न को पाने, उसकी रसवन्ती दिव्य देह को भोगने में तीनों नरेश ही नहीं वरन् गुरुदेव विश्वामित्र भी स्वयं को धन्य मानेंगे। उसे नि:संकोच लाभ उठाना चाहिए। सारी बातें समझा गरुड़ ने गालव की सफलता हेतु शुभकामना व्यक्त की। मार्गदर्शन एवं सामयिक सहायता के लिए गालव ने वेनतेय के प्रति आभार प्रगट किया। भयग्रस्त माधवी उन मित्रों को दुरभिसन्धि से भरी बातें करते देखती रहीं। वे एक-दूसरे को प्रणाम कर विदा हुए।

"चलें देवी... ?" पास आ उत्फुल्ल मन गालव ने पूछा।

एक भेदक दृष्टि से माधवी ने उन्हें निहारा। वे सिहर उठे। क्या यह उचित है? एक पल वे ठिठके परन्तु स्वार्थ के पवन झकोरों ने तत्काल अनुत्तरित प्रश्न को उड़ा दिया। अयोध्या की दिशा में जल्दी से बढ़ लिए। पुरुष समाज द्वारा नारी के साथ किए जानेवाले प्रत्येक आचरण-व्यवहार को झेलने के निर्णय के साथ वह अनुगमन करने लगी। देखना चाहती थी, सम्पर्क में आनेवाले प्रत्येक पुरुष की सीमा कहाँ है? कभी-कभी हम हमारे साथ किए जा रहे नियति के खेल और सामाजिक व्यवहार को तटस्थ भाव से निरखने के लिए एक ओर बैठ जाते हैं। माधवी ने यही निर्णय लिया।

वैभवशाली अयोध्या के राजप्रसाद के सभा मंडप में बड़े आदर-श्रद्धा के साथ इस्वाकुवंशी नरेश हर्याश्व ने गालव की अभ्यर्थना की। परन्तु उत्सुक मन ऋषि के पीछे खड़ी रूपसी में अटक गया।

"कैसे कष्ट किया भगवन्?" स्वागत-सत्कार की समाप्ति पर हर्याश्व ने नम्रतापूर्वक जानना चाहा।

गालव ने संक्षेप में अपना मन्तव्य प्रस्तुत कर दिया।

"मुनि श्रेष्ठ! हमारे पास जो दो सौ अश्व हैं, आप चाहें तो उन्हें अभी प्राप्त कर सकते हैं!" हाथ जोड़ हर्याश्व ने निवेदन किया।

गालव सोचने लगे।

"आपको इस बात की चिन्ता है न गालव जी कि कौमार्य भंग होने पर भोज एवं काशी नरेश हमें अस्वीकार कर कहीं आपको अश्व देने से मना न कर दें?" माधवी तिक्त थी। महाराज हर्याश्व की लोलुप दृष्टि की चुभन वह अपनी देह के उभारों पर अनुभव कर रही थी।

"दे...वी...।"

"आप निश्चित रहें गालव जी! ऐसा कुछ भी नहीं होगा। प्रत्येक प्रसव के बाद पुनः पूर्वावस्था पर लौट आने का आशीष प्रत्येक नारी को निसर्ग के देवता ने प्रदान कर रखा है। फिर क्या आजीवन अविवाहित ब्रह्मचारी रहनेवालों की देह में परिवर्तन नहीं होते?...आप तो अपने अनुबन्ध महाराज के समक्ष प्रस्तुत करें।"

माधवी के शब्द शरों ने गालव के मन को मथ दिया, पर वे चुपचाप सह गए। वे बोले, "राजन! दो सौ अश्वों के बदले में देवी माधवी से एक सन्तान

प्राप्त करने का आपको अधिकार रहेगा। सन्तान प्राप्ति के तत्काल बाद हम देवी को लिवाने आएँगे। आप अस्वीकार नहीं करेंगे। न ही देवी पर आपका अधिकार होगा।''

''ऐसा नहीं हो सकता ऋषिवर कि अश्वों के साथ आप, आप और भी द्रव्य ग्रहण करें ताकि बचे अश्वों को उनके स्वामियों से क्रय किया जा सके। देवी को आप सदा के लिए हमें सौंप जाएँ?'' माधवी की रूप सुधा से बँधे हर्यश्व दीन थे।

''ना महाराज...यह सम्भव नहीं है...फिर इस बात का विश्वास ही क्या कि बचे अश्वों को उनके स्वामी मूल्य लेकर हमें सौंप देंगे? ...ना राजन...ना...आपको अनुबन्ध स्वीकार हो तो ही...।'' बात समाप्त करते-करते गालव का स्वर रूखा हो गया।

माघवी को लगा दो श्रेष्ठ, क्षत्रिय एवं ब्राह्मण...नहीं...दो वणिक उसे लेकर सौदा कर रहे हैं। वितृष्णा से वह भर गई।

''हमें स्वीकार है प्रभु!'' एक पल भी नष्ट किए बिना हर्यश्व ने स्वीकृति दे दी। अस्वीकार कर माधवी के कौमार्य-पराग के पान से वंचित रह जाने की अपेक्षा जो मिल रहा है, उसे ही प्राप्त करना उन्हें उचित लगा।

माधवी को हर्यश्व को सौंप गालव चल दिये। आत्मा पर से एक भारी बोझ मानो उतर गया। सहसा उन्हें लगा कि कोई अमूल्य निधि सौंप आए हैं। मन भारी हो गया। उस रात गगन मंडल के तारकों को निहारते जब वे अकेले सोये तो एक विचित्र-सी अनुभूति कचोटने लगी। माधवी...एक अनजान...अपरिचित नारी...जो कुछ उनके लिए कर रही है...उसके दाय को क्या कभी चुकाया जा सकेगा...? मन-मंथन ने विचलित कर दिया। आश्रम का सूनापन आत्मा में पसरे सन्नाटे-सा भयावह लगा। कोमल मृगछाला गड़ने लगी। पूरा वर्ष...शायद अधिक भी...एक रिक्तता के साथ बिताना पड़ेगा। रात ही नहीं दिन भी एक बड़े भार-सा हृदय पर आ बैठता था। उसे काटना कठिन हो रहा था। प्रतीक्षा काल उन्होंने किस प्रकार से काटा उनका अन्तर्यामी ही जानता था।

जिस शुभ घड़ी में उन्हें सूचना मिली कि पुत्र प्राप्ति के बाद महाराज हर्यश्व ने सादर बुलवाया है तो रक्त और हृदय की गति तीव्र हो गई। प्रभु का स्मरण कर अयोध्या चल दिये। हर्यश्व ने अर्घ पाद्य से पूजन कर स्वागत किया। दो सौ

अश्व एवं माधवी को सौंपते हुए प्रणाम कर निवेदन किया, ''स्वामी! दास आपका अत्यन्त आभारी है। हमारे योग्य अन्य कोई सेवा हो तो आदेश करें।''

सिर नीचा किए माधवी चुपचाप खड़ी रही।

गालव को लगा एक दीपशिखा माधवी का रूप लिए खड़ी है। देह भर गई थी। मुख पर चमक और सौन्दर्य में एक नया निखार आ गया था। गात की कमनीयता द्विगुणित हो गई थी। नेत्रों में एक मादक मोहकता उतर आई थी। महाराज हर्याश्व क्या कह रहे थे, उनके पल्ले कुछ नहीं पड़ा। मात्र इतना समझ पाए कि हर्याश्व सेवा...आदेश कुछ तो भी कह रहे हैं।

''साधुवाद राजन! आपसे एक ही निवेदन है। इन अश्वों को वर्तमान में अपने ही पास रखें। अन्य स्थानों से एकत्र करने के बाद इन्हें ले जाएँगे। ...आपको असुविधा तो नहीं होगी?''

''असुविधा काहे की भगवन्! दुख तो इस बात का है कि हमारे पास शेष अश्व नहीं हैं। अन्यथा देवी से तीन सन्तानें और प्राप्त कर लेते। आपको भी भटकना नहीं पड़ता।'' माधवी के देहपान की अतृप्त कामना से पीड़ित हर्याश्व का दुख वाणी में उतर आया था।

''अब हमें चलने की अनुमति दें महाराज!'' माधवी के साथ एकान्त में यात्रा करने की सुखद कल्पना ने एक हलकी-सी उत्तेजना ने गालव को भर दिया।

''स्वामी! महाभात्य ने रथ और पाथेय तैयार कर रखा है।''

''इसकी क्या आवश्यकता थी?''

''यह तो हमारा कर्तव्य है प्रभु! फिर...देवी का...इतनी दूर...पैदल... जाना...।''

''ठीक है...।''

गालव सुसज्जित प्रासाद से बाहर चल दिये। माधवी अनुसरण करने लगी। तभी लगा महाराज हर्याश्व कुछ फुसफुसा रहे हैं। वह ठिठक गई। गालव और उनके बीच अन्तर बढ़ गया। वह पलटकर उन्हें गहरी दृष्टि से निहारने लगी।

''दे...वी...! प्रिये...! आप जा रही हैं...हमारा क्या होगा?...हमारे शयन मंदिर की रातें...आपके बिना...न...केवल सूनी रहेंगी...वरन्...नागिन-सी हमें डसेंगी भी...।'' हर्याश्व काम विह्वल थे।

माधवी ने एक दीर्घ श्वाँस ली। न जाने क्यों उसे भ्रांति थी कि महाराज उसे

उसके पुत्र की, उसके आत्मज की, जिसे वह छोड़े जा रही थी, स्मरण ही नहीं कराएँगे, वरन् विदा होने के पूर्व, एक बार तो हृदय से लगा लेने का अवसर देंगे। पर वैसा कुछ भी नहीं हुआ। इसके विपरीत उन्होंने जो कुछ कहा उसे सुनकर पुरुष के इस रूप से उसे घृणा हो गई। अवसाद से वह भर उठी। बड़े-बड़े नयन न जाने क्यों आँसुओं से धुँधला गए। कहीं अयोध्या नरेश के सम्मुख दुर्बलता खुल न जाए अतः उत्तर दिये बिना पलटकर गालव के पीछे दौड़ गई।

रथ काशी मार्ग पर मंथर गति से दौड़ रहा था। वे इतने निकट बैठे थे कि रथ के हिलने पर उनकी देह आपस में स्पर्श कर लेती थीं। तब गालव के युवा तन में विद्युत्-सी दौड़ जाती थी, परन्तु न जाने क्यों गालव को लग रहा था कि उनके बीच एक बड़ी खाई है। भावनात्मक अन्तर्द्वन्द्व के कारण उनके मध्य पसरा अबोला भारी लग रहा था।

मात्र रथ की टुनटुनाती घंटियों, अश्वों को हकालने के सारथी के स्वर ही उस शान्ति को भंग कर जाते थे। रथ चक्रों से उड़ी धूलि के गुबार ने पीछे छूट रहे जीवन पर परतें चढ़ाना आरम्भ कर दिया था।

गालव, माधवी के गत एक वर्ष के सुख-दुखों को बंटाना चाहते थे। परन्तु सारथी की उपस्थिति ने जिह्वा बन्द कर रखी थी। अबोले के उस भारीपन को झेलना जब असह्य हो गया तो गालव सहसा बोल पड़े, ''रथ रोकें सारथी! हम पैदल ही काशी जाएँगे।'' शुष्क गले से उन्होंने आदेश दिया। माधवी ने भरपूर चकित दृष्टि से मात्र निहारा।

वल्गाओं के सहसा खिंचते ही अश्वों ने अपने पग उठा उन्हें धरती पर पटका। धूलि का एक नन्हा-सा बादल, हिनहिनाहट के मध्य फैल गया। रथ रुक गया। कुछ भी पूछे बिना वह रथ से उतर पड़ी। गालव भी उतरे।

''आज्ञा प्रभु!''

''तुम रथ लौटा ले जाओ सारथी। महाराज हर्यश्व को हमारा आशीर्वाद कहना। सहायता के लिए आभार प्रकट करना...तुम जा सकते हो।''

वल्गाओं का झटका पाते ही अश्व मुड़ कर अयोध्या की ओर उड़ चले। कुछ पल वे जाते हुए रथ को देखते रहे। ओझल होते रथ ने गालव की आत्मा पर पड़े बोझ को उतार दिया। एक हलकेपन का उन्होंने अनुभव किया।

''चलें देवी?'' उड़ती दृष्टि से माधवी से पूछा।

वह बाईं ओर कुछ देख रही थी। उत्तर न मिलने पर वे चल पड़े। माधवी पीछे हो ली।

माधवी के साथ बिताया गया समय कितना अल्प था। पर अल्पकाल में ही उसे वे न जाने क्यों अपना मान बैठे हैं। पराई होते हुए भी वह उनके लिए कितना कुछ कर रही है।...उसकी कल्याण कामना क्या उनका कर्तव्य नहीं है? जब तक उनके संरक्षण में है, तब तक तो उन्हें ही उसके लिए सब कुछ सोचना-करना है।

माधवी का मन भी अशान्त था। सदेह वह गालव के साथ चल अवश्य रही थी, पर मन अयोध्या के प्रासाद में अटका हुआ था। न जाने क्यों उसे लग रहा था, उसका लाल, स्तनपान हेतु रुदन कर रहा होगा। विमाताएँ, दासियाँ क्या उतना ही ध्यान रखेंगी? उर काँपने लगा, वक्षस्थल में पीड़ा होने लगी। एक रुलाई थी कि फूटकर बाहर आना चाहती थी। पर विवश थी। कदाचित् नारी की यही नियति है। पुरुष कब उसे समझेंगे? पलकें ऊपर उठीं, गालव धीर पग आगे बढ़ रहे थे। शायद अपने ही विचारों में डूबे हुए हैं। गौरवर्णी पीठ को यज्ञोपवीत सुशोभित किए है। कन्धे पर फैले हैं काले घुँघराले केश। ऊँचा पूरा भव्य सुदर्शन व्यक्तित्व। तप, संयम और ब्रह्मतेज से दीप्त मुख। क्या कहे इनसे? कैसे मनोव्यथा व्यक्त करे? उन्हें नहीं समझना चाहिए? पग-ध्वनि ही पथ की शान्ति को भंग कर रही थी। आत्माओं में चल रहे अन्तर्द्वन्द्व पर चुप्पी का भार असह्य होता जा रहा था। उससे मुक्ति का मार्ग सुझाई नहीं दे रहा था।

मार्ग की पांथ-शाल, ऋषियों के आश्रम अथवा किसी ग्रामीण की अतिथिशाला में व्यतीत रात्रियाँ करवटें बदलकर बिताई गईं। प्रत्येक रात्रि गालव को लगता, बगल की मृगछाला पर एक कोमल अनुभूति...एक सुवासित पुष्प...ना...वेद की एक मनोरम ऋचा सुन्दरी सोई है।...उसे छूने...सहलाने...विशेषकर सुरभित केशराशि में उँगलियाँ फिराने हेतु मन मचल-मचल जाता था।...पर...चंचल मन-तुरंग को तत्काल संयम-ब्रह्मचर्य की वल्गाओं से बाँध लेते थे। तब ध्यान बँटाने हेतु आकाशगंगा के उस पार के ब्रह्मांड में स्थित स्वर्ग के रहस्य की झूठी चिन्ता करने लगते।

बाईं हथेली पर सिर रखे लेटी माधवी से ऋषि की अकुलाहट छिपी न थी। वह जानती थी कि रात्रि का अधिकांश समय वे करवटें बदल अथवा टहलकर काटते हैं। वह निश्चेष्ट पड़ी रहती। करवट बदलने का साहस भी जुटा नहीं

पाती। श्वाँसें भारी हो उठतीं। किसी के ब्रह्मचर्य के स्खलन के पाप की भागी वह नहीं बनेगी। अपने गुरु और उनकी दक्षिणा के अतिरिक्त भी उन्हें किसी की चिन्ता है या नहीं? ...शायद है...शायद...नहीं... ? मन एक उधेड़बुन में उलझता जा रहा था।

रात ही नहीं दिन भी भारी और लम्बे लगने लगे थे। उन्हें काटना दूभर हो रहा था। फिर भी रास्ता था कि कट ही रहा था। तीर्थयात्रियों के कोलाहल और बढ़ती जन संकुलता ने आभास करा दिया कि काशी निकट ही है। भगवान शिव और पतित पावनी भागीरथी के जयघोष में वे खोते जा रहे थे। नगर के भीड़ भरे पण्यों, वीथियों, जन संकुल मार्गों को चीरते गालव भारी हृदय एवं पग से माधवी को लिए काशी नरेश दिवोदास की राजसभा में जा अवश्य खड़े हुए पर मन एक कडुवाहट से भरा था। रथ लौटा देने के बाद भी सारा मार्ग संवादहीनता की स्थिति में जो कटा था। स्वयं होकर बात करने का साहस वे जुटा नहीं पाए थे।

"पधारिए भगवन्! हम आपकी ही प्रतीक्षा कर रहे थे।" सादर प्रणाम करते हुए दिवोदास ने गालव का स्वागत किया। उनकी उड़ती दृष्टि माधवी की देह-राशि का आकलन करने लगी।

"क्यों राजन?"

"प्रभु! गुरु दक्षिणा हेतु जिस प्रकार के अश्वों की आपको आवश्यकता है, उनमें से दो सौ हमारे ही पास हैं।"

तो हमारी कथा हमसे भी पूर्व काशीनरेश के पास पहुँच गई है?

"तब तो आपसे अधिक कुछ कहने की आवश्यकता नहीं है काशीराज! हमारे अनुबन्ध के विषय में भी आपको विदित हो ही गया होगा?"

"हाँ मुनिवर! हमें स्वीकार्य है।" नारी सौन्दर्य के पारखी दिवोदास ने एक क्षण भी खोने के पहले सहमति प्रदान कर दी। एक पल रुककर दिवोदास ने पूछा, "अश्व आप अभी ले जाएँगे प्रभु?"

"ना राजन! अभी नहीं।...पुत्र...हमारा अर्थ है...देवी को हम सन्तान प्राप्ति के बाद लेने आएँगे। उसके भी बाद...सुविधा...नुसार... ।" गालव उत्तर दे अवश्य रहे थे परन्तु पहली बार उन्हें संकोच भरी घबराहट का अनुभव हुआ। लगा उपस्थित समस्त सभासद् उन्हीं को घूर रहे हैं। ...जो कुछ हो रहा है अनुचित है। पर विवश थे। अब पग पीछे नहीं हटाया जा सकता था।

"आपकी जैसी इच्छा भगवन्।...अन्तःपुर पधारें देवी।...दौवारिक...।" दिवोदास की आत्मा प्रसन्न थी। आगामी रात्रियों के सुख की कल्पना ने उन्हें पुलकित कर दिया।

विदाई से पूर्व माधवी से बात करने का साहस गालव जुटा नहीं पाए। न ही उन्हें दौवारिक के साथ अन्तःपुर में जाते देख सके। तत्क्षण मुड़कर चलने लगे।

"ऋषिवर! हम आपका पूजन-वन्दन करना चाहते हैं।" आधे मन से दिवोदास ने प्रार्थना की।

"इसकी आवश्यकता नहीं है दिवोदास! अब हमें चलने दें।"

"आश्रम तक छोड़ने हेतु रथ...।"

"साधुवाद राजन! कष्ट की आवश्यकता नहीं।" पगों की गति तीव्र हो गई। वे शीघ्र ओझल हो गए।

राजसभा की बैठक समाप्त कर दिवोदास भी प्रसन्न वदन हर्म्य में चले गए।

वे आश्रम जा अवश्य रहे थे पर आत्मा काशी के राजप्रासाद में ही रह गई थी। एक शाश्वत विकलता ने मन में डेरा जमा लिया। मार्ग में कौन मिला, किसने प्रणाम किया, क्या पूछा, क्या उत्तर दिया, भान ही नहीं। कब आश्रम पहुँच गए किसे मालूम। दिनचर्या चक्र की भाँति चलने लगी। प्रातः, मध्याह्न, संध्या, पूजा-अर्चना, संध्या-वन्दन, अध्ययन-मनन सभी कुछ करते पर मन उनमें रमता नहीं था। जबरदस्ती, सभी कुछ ठेल-ठालकर, माधवी मानस पटल पर उभर आती थी। स्नानरत, गीले केशों को सुखाती, वस्त्रों को ठीक करती, शृंगार में व्यस्त, न जाने कितने रूप हैं इस नारी के? स्मृतियाँ थीं कि रह-रहकर तंग करने लगतीं। गालव का युवामन सान्निध्य के लिए व्याकुल हो उठता। अनेक दिन साथ रहने के बाद भी उन्होंने बातचीत नहीं के बराबर की थी। फिर भी न जाने क्यों एक कोमल तंतु ने उन्हें उस लड़की से बाँध दिया। अनेक बार लगा, यह अशान्ति, यह दुश्चक्र क्यों मोल ले लिया? गुरु दक्षिणा का दुराग्रह कंठ में फंदे-सा आ फँसा है। माधवी उनके लिए कितना क्या कर रही है? और वे स्वयं? एक विवश ग्लानि से भर जाते। वह वर्ष उनकी आत्मा पर एक पर्वत-सा आ बैठा था। कैसे कटेगा वह? जब अन्तर्द्वन्द्व असह्य हो गया तो काशी के लिए चल पड़े। अपनी ही धुन में चलते रहे। पथिकों से यदा-कदा पूछ लेते, "काशी कितनी दूर है?" उत्तर मिलने में विलम्ब देख आगे बढ़ लेते।

अस्ताचलगामी सूर्य का ताप ठंडक में बदल गया था। पश्चिमाकाश की स्वर्णिम लालिमा मनभावन थी। लौटते पशुओं के खुरों से उड़ी धूलि ने वातावरण को धूमिल बना दिया। रात्रि का अन्धकार पूर्वाकाश से धीमे, चुपके धरा पर उतर रहा था। मानो निशा सुन्दरी अपने आंचल को फैला रही थी। गंगा के घाटों का कोलाहल शान्त हो चला था। काशी रात्रि विश्राम की तैयारी में थी। हिचकते-झिझकते गालव जिस काल प्रासाद के समक्ष पहुँचे वह दीप मालिकाओं से जगमगाने लगा था। सिंहद्वार के प्रहरी सावधान थे। प्रासाद में प्रवेश करने अथवा अपने आगमन की सूचना देने का साहस उन्हें नहीं हुआ। लगा माधवी दुर्ग प्राचीरों के उस पार बंदिनी है। अकुलाए देवालय में विश्रान्ति हेतु चल दिये। निकट होते हुए भी माधवी से कितनी दूर थे।

नगर में उन्हीं की कथा नाना रूपों में फैली हुई थी। लज्जा से सिर झुक गया। किसी को भी अपना परिचय देने में संकोच होने लगा। अज्ञातवास में दिन बिताने लगे। प्रति प्रातः स्नान एवं संध्या वन्दन हेतु गंगा घाट जाते अवश्य पर मन उस सबमें रमता न था। वह तो प्रासाद के आस-पास ही मँडराता रहता। संत्रास एवं घुटन भरे उन दिनों में ही सहसा, राजमहल के तोरण द्वारों पर बने गवाक्षों से सुमधुर मंगलवाद्यों की स्वर लहरियाँ निस्तृत होने लगीं। पौरजन आनन्दोत्सव में डूब गए। नई देवी माधवी ने पुत्र रत्न को जन्म दिया था।

कटि इतने जल में खड़े सूर्य भगवान को जलार्ध दे रहे गालव को मंगल वाद्यों की स्वर लहरियाँ मुक्तिदाता-सी लगीं। प्राची में उदित होता बाल सूर्य आकर्षक एवं त्राणदाता लगा। उसकी स्वर्ण रश्मियाँ लहरों के साथ नर्तन करती-सी लगीं। पक्षियों के कलरव से आकाश गुंजरित था। घाट के देवालयों की सुमधुर घंटा ध्वनि, यात्रियों, नागरजनों की अर्चना के समवेत स्वर, सभी कुछ अच्छे लगे। पर शीघ्र ही उपासना से मन उचट गया।

माधवी से अब भेंट हो सकेगी! उसे लेने तत्काल चलना चाहिए।...पर...क्या यह...शोभा देगा ?...शोभा का क्या प्रश्न है ? ...दिवोदास को सन्तान प्राप्त हो गई है...अनुबन्धानुसार माधवी अब हमारी है...उतावलापन इतना बढ़ा कि सूर्योपासना त्याग, वस्त्र बदल प्रासाद जा पहुँचे।

प्रसन्नवदन दिवोदास याचकों, ब्राह्मणों, सेवकों, दास-दासियों, पुरोहितों आदि को दान-दक्षिणा बाँट आशीर्वाद ग्रहण कर रहे थे। मन अत्यन्त आनन्दित

था। रसिका माधवी के सान्निध्य में समय कब पंख लगाकर उड़ गया पता ही न चला। दास ने जब उन्हें ऋषि गालव के आगमन की सूचना दी तो सुख से दीप्त मुख मुरझा गया। लगा जैसे काल सर्प पर पाँव धर दिया हो। आशीर्वचन व्यर्थ से लगे। समझ नहीं पाए कि बालक जन्म की सूचना ऋषि को इतने शीघ्र कैसे मिल गई ? क्या आकाशमार्ग से आ धमके हैं ? इतने शीघ्र विदा की बेला देवराज के वज्र-सी टूट पड़ेगी इसकी तो कल्पना भी नहीं की थी। यदि देवी साथ दें तो उस भिखारी को भगाया जा सकता है। धीर पग, माधवी के कक्ष में जा पहुँचे।

सद्यजात बालक को माधवी स्तनपान करा रही थी। चीनान्शुक की कंचुकी वक्ष के ऊपर थी। एक उरोज बालक के मुख में था। दूसरे पर उसकी अरुण हथेली टिकी हुई थी। चरम तृप्ति की अनुभूति के कारण माधवी के नयन मुँद गए थे। एक आकर्षक लुनाई समस्त देह पर बिखर गई थी। दिवोदास को लगा पुत्र जन्म के बाद माधवी में एक नया माधुर्य घुल गया है। पुष्ट वक्ष की गौरवर्णी गुलाई को रसिक मुग्ध दृष्टि से अपलक देखने लगे।

अचानक माधवी को लगा कक्ष में कोई आया है। हलकी-सी खीज-भरी दृष्टि से जब देखा तो द्वार पर महाराज को खड़े पाया। तत्क्ष्ण वक्ष को आँचल से ढक लिया। दिवोदास के नेत्रों से टपकती वासना छिपी न रह सकी।

''देवी...गालव....ऋषि... !''

बालक को सुला तत्काल पर्यंक पर से उतर पड़ी उसे सहसा विश्वास न हुआ। मातृत्व सुख को वह अभी भोग भी नहीं पाई थी कि गालव जी आ धमके थे। विदा होने के अतिरिक्त अन्य मार्ग न था। मन पाषाण बन गया।

''आपके साथ व्यतीत प्रत्येक पल हमारी एक महत्त्वपूर्ण उपलब्धि है देवी। शेष स्मृति के रूप में वे जीवन-पर्यंत अक्षुण्ण रहेंगी।'' दिवोदास अत्यन्त भावुक हो उठे, ''आपसी अभिसारिका को पाकर किसी का भी जीवन धन्य हो जाएगा।'' उत्तर की प्रतीक्षा में वे रुके, न मिलने पर पुनः बोले, ''ऐसा नहीं हो सकता कि आप हमारे ही पास रुक जाएँ कल्याणी ?''

बड़ी-बड़ी पलकों से वह दिवोदास को निहारने लगी। वह आशा कर रही थी कि पुत्र स्नेह की बेड़ी वे उसके पाँवों में डाल देंगे। पर वैसा कुछ नहीं हुआ।

वह भेदक दृष्टि काशी राज को असहनीय हो उठी। उन्होंने सिर झुका

लिया। पर्यंक पकड़े कुछ क्षण खड़ी रही। फिर उत्तर दिये बिना द्वार की ओर चल दी। मुड़कर भी सोए आत्मज को उसने देखना नहीं चाहा। मन दुखद विषाद से भर गया था।

सुसज्जित प्रांगण में गालव विचारमग्न खड़े थे। वे इतने आत्मलीन थे कि द्वार से आती माधवी दिखाई नहीं दी। माधवी ने अनुभव कर लिया कि स्तम्भों, द्वार, गवाक्षों के पटों के पीछे छिपे दास, दासियाँ, सेवक, प्रहरियों की उत्सुक दृष्टि नाटक के आगामी अंक पर लगी है। स्थिति असहनीय हो उसके पूर्व ही वस्त्रों को ठीक करने के बहाने मृणाल-सी भुजाओं को ऐसा हिलाया कि कंकण बज उठे।

''देवी पधार रही हैं?'' मुँह लगी दासी घोषा अपनी उत्सुकता न रोक सकी। मात्र सिर हिलाकर माधवी ने स्वीकृति जताई। गालव को अपलक निहारने लगी। सूखा मुख, कोटरों में धँसी आँखें, तेलहीन केश, अस्त-व्यस्त वस्त्र, कान्तिहीन देह। लगता है तन-मन दोनों से ही गालव अस्वस्थ है। प्रथम दिवस के उस तेजस्वी युवक के स्थान पर एक बीमार सामने खड़ा था।

आभूषणों की सुमधुर ध्वनि एवं दासी के प्रश्न ने गालव की तन्द्रा तोड़ दी। प्रासाद के संसार में वे लौट आए। दृष्टि सजीव होने लगी। अन्त:पुर के द्वार के आगे कौन खड़ा है? कंचुकी बन्धों को तोड़ देने के लिए वक्ष का उभार मानो मचल रहा था। गौरवर्णी कटि पर त्रिवली उभर आई थी। मुख एक गरिमा से दीप्त था। माधवी आ क्यों नहीं रही है?...कहीं...क...हीं...यह ही तो...माधवी नहीं है?...नेत्रों ने पहचान लिया। प्राणों की अकुलाहट शान्त हुई। आत्मविश्वास लौट आया। माधवी की उपस्थिति ने जादू-सा असर किया। दास-दासियों, सेवकों-प्रहरियों की उपस्थिति भूल सीधे माधवी के पास जा पहुँचे।

''देवी...। सानन्द तो हैं?...स्वास्थ्य कैसा है?...चलें हम?'' प्रसन्नता के अतिरेक में गालव ने चीनान्शुक से गौरवर्णी कन्धे पर हाथ रख दिया।

गालव की श्वाँसों की ऊष्मा का माधवी ने अनुभव किया। उस स्पर्श ने रोमांचक संकोच से भर दिया। प्रांगण में उपस्थितों का ध्यान आते ही वे लज्जा से गड़ गईं। एक तपस्वी से इस प्रकार के आचरण की अपेक्षा नहीं थी। गम्भीर मुख मुद्रा में, उत्तर दिये बिना सिंह द्वार की ओर चल दी। चकित गालव पीछे चलने लगे। तभी उन्हें अश्वों की याद आई।

"दौवारिक!"

"स्वामी!"

" महाराज से कहें कि हम यथासमय अश्व लेने आएँगे। तब तक उनकी अच्छी तरह से देखभाल करें। ...उन्हें हमारा आशीर्वाद देना।"

"जो आज्ञा भगवन्।" झुककर दौवारिक ने प्रणाम किया।

आगे बढ़ने पर गालव ने माधवी को प्रासाद की अन्तिम सीढ़ियाँ उतरते पाया। वे तेजी से पग बढ़ा साथ हो लिए!

एक अजानी पुलक से मन भर गया। दिन अत्यन्त सुहावना लगा। बहती मंद बयारों की शीतलता ने तन-मन को सुखी कर दिया। सारा संत्रास, तनाव समाप्त हो गया। मन हलकापन अनुभव करने लगा। मुख पर छाई रहनेवाली उद्विग्नता का स्थान प्रसन्नता ने ले लिया। माधवी क्या लौट आई जैसे कंगले को अपना खोया खजाना मिल गया। बैरागी मन इतने शीघ्र इस लड़की से बँध जाएगा, सोचा भी नहीं था। दोनों साथ-साथ चलने लगे।

यह भी क्या जीवन है? अश्वों के लिए माधवी को लिये-लिये घूम रहा हूँ। दोनों के सम्बन्धों को कैसे परिभाषित किया जाएगा? साथ होते हुए भी दूर हैं? संरक्षक होते हुए भी कुछ नहीं हूँ? ना...न...इस बार भोजराज के पास न जाते हुए आश्रम ले जाऊँगा। कुछ दिन साथ रहकर एक-दूसरे को समझेंगे। उन्हें हमारे कारण जो कष्ट भोगना पड़ रहा है, उस हेतु आश्रम के एकान्त में क्षमा माँगूँगा। कुछ दिन माधवी के सान्निध्य में बिताने का अवसर मिलेगा। इस कल्पना ने उन्हें रोमांचित कर दिया। चोर दृष्टि से माधवी को निहारा। मुख कितना श्वेत पड़ गया है। निश्चय ही प्रसववेदना ने देह को प्रभावित किया है। कुछ दिन प्रकृति का साथ, कंद, मूल, फल का सेवन स्वास्थ्य में निश्चय ही सुधार करेगा।

जिस पल गालव अपने मनोविचारों में व्यस्त थे माधवी मार्ग के अन्तिम छोर पर न जाने किस वस्तु को देख रही थी। तभी सुनाई दिया, "देवी! हम आश्रम चल रहे हैं। चाहता हूँ आप कुछ दिन विश्राम करें। आपका स्वास्थ्य...।"

माधवी ने उत्तर नहीं दिया। देखकर रह गई। आश्रम मार्ग पर चल रहे गालव के साथ चलने लगी।

यज्ञ, हवन हेतु गालव समिधा तथा कंद, मूल, फलादि एकत्र करने चले गए। लौटकर जब आए तो कुटिया और आश्रम को गंगा के नीर-सा स्वच्छ

पाया। नारी स्पर्श ने सभी कुछ चमका दिया था। भाव विगलित गालव देखते ही रह गए। इस नारी ने उनके तापस ज़ीवन में सभी कुछ उलट-पलट दिया। न जाने कब, कैसे, चुपके से माधवी, आश्रम की स्वामिनी बन बैठी उन्हें भी नहीं मालूम। ग्राम के नारी समाज में वह अत्यन्त लोकप्रिय थी। सभी की मित्र। किसी की बहन बन बैठी तो किसी की बेटी, अन्तरंग सखी और माँ भी। न जाने कितने रिश्तों का जाल फैला दिया। उन्होंने अनुभव किया कि न चाहते हुए भी हर कोई उसे अपने सुख-दुख सुना हलका हो जाता था। अविवाहित गालव के आश्रम में एक गृहस्थी के नीड़ का निर्माण हो गया था।

प्रकृति के सान्निध्य, संयम, नियम और कंद-मूल, फल, दूध, दधि आदि के सेवन ने शीघ्र ही माधवी के दैहिक सौन्दर्य में अभिवृद्धि कर दी। सौन्दर्य का अपना प्रभाव एवं शक्ति होती है। माधवी के रूप, यौवन और असामान्य जीवन-गाथा के आकर्षण से खिंचे आसपास की ग्राम्य वधुओं, पुत्रियों के कारण आश्रम की चहल-पहल बढ़ गई।

आश्रम व्यवस्था से निश्चिंत हो गालव चिन्तन-मनन, वैदिक ऋचाओं और यज्ञ-याज्ञ आदि में खो जाना चाहते थे। पर क्या यह सम्भव था ? एक लावण्यमयी देह हवन कुंड की लपटों और सूर्य को प्रदान की जानेवाली अर्धांजलि के बीच साकार हो उठती थी। सहसा उन्हें अनुभव हुआ, माधवी की अनुभूति सतत पीछा करती रहती है। वे विकल हो गए। यह कहाँ की यंत्रणा मोल ले ली...यह क्या मूर्खता कर डाली...एक दहकता अंगारा खुद ही अपनी आत्मा पर क्यों रख लिया ?...दहक-दहककर सभी कुछ जला रहा है....न जाने कब...इससे त्राण मिलेगा ?...मन की अस्थिरता के उन क्षणों में वे भटकने हेतु चल पड़ते। पर मन था कि माधवी के आसपास ही मँडराया करता था। चोर दृष्टि से उन्होंने माधवी के सौन्दर्य को अनेक कोणों से, अनेक बार निहारा...परन्तु हर बार...मन दूसरे ही क्षण कचोटने लगता गालव!...यह पाप है...अनैतिक...पर...कितना सुन्दर... मनोहारी... आकर्षक-स्नान के पश्चात् वस्त्र बदलती...शृंगार करती...उद्यान से पुष्प चुनती...आश्रम बुहारती...न जाने कितने रूप हैं इस नारी के...प्रत्येक दूसरे से उत्कृष्ट...कब समझ पाऊँगा उसे... ? धर्म, दर्शन, साहित्य, तप के गूढ़ रहस्यों को सुलझानेवाले गालव एक नारी से परास्त हो गए।

भेंट हेतु आनेवालों से स्मित हास्य के साथ बतियानेवाली, उन्हें मौन की

घाटियों में भटकने के लिए क्यों छोड़ जाती है ?...उसके पास क्या उनके लिए... शब्द...भावनाएँ...एक छोटी-सी मीठी मुस्कान...है ही नहीं ?...जब भी कुछ पूछना...बतियाना चाहता हूँ...तो न जाने किस विचित्र दृष्टि से निहारने लगती है ? वे घबरा जाते...बाहर चल देते...हे प्रभु ! ...इससे मुक्त होना ही पड़ेगा...सोचा था माधवी के साथ कुछ मधुर क्षण व्यतीत करूँगा...भावनात्मक अन्तर्द्वन्द्व से मुक्ति पाऊँगा...पर..प...र...एक भँवर-चक्र में और अधिक फँसता जा रहा हूँ।...क्या माधवी के मन के किसी भी कोने में मेरे लिए...कहीं कुछ भी नहीं है ?...किंचित-सा भी अनुराग...दया...माया...तक नहीं ? सोचते रहने पर श्वास लेना दूभर हो जाता।

चौबीसों घड़ी साथ रहने पर भी कितने अपरिचित हैं ?...अपरिचय का हिमालय क्या अलंघ्य ही रहेगा ?...नारी-पुरुष सम्बन्धों की यही तो त्रासदी नहीं है ?...पिताश्री महाराज ययाति...गालव...अयोध्या नरेश हर्याश्व...काशीराज दिवोदास...कौन समझ पाया है ?...कदाचित् भोजेश्वर उशीनर...राजर्षि विश्वामित्र समझ पाएँ...कदाचित् नहीं ?...जीवन कितना उलझता जा रहा है ?...नारी जीवन में कितनी विसंगतियाँ हैं ?...जिस पुरुष के लिए वे सब कुछ करती हैं...निःसंकोच अपनी देह आत्मा-मन का समर्पण करती है, बदले में मिलता क्या है ?...देह काँपने लगी...आँधी में उड़नेवाले तिनके-सी भागी-भागी फिर रही हूँ...मन में उठी हूक ने अकुला दिया।

सारा गणित गड़बड़ा गया है...कहीं मुझसे कुपित तो नहीं है...अपराधी तो नहीं मानती ?...माधवी के अचरज भरे व्यवहार ने कैसी व्यथा दी है ?...वह जब असहनीय हो उठी तो माला गूँथ रही माधवी के सामने सहसा जा खड़े हुए, "देवी ! हम लोग भोजराज के पास चल रहे हैं ?"

अध गुँथी माला को परे सरकाकर माधवी तत्काल उठ खड़ी हुई। आश्रम के बाहर चल दी।...इतनी तटस्थता...यह आश्रम...यह कुटिया...यहाँ की प्रत्येक वस्तु जिसे इतने प्यार से इतने दिनों से सजाती-सँवारती-सँभालती रही...उस सबके प्रति इतनी विरक्ति ?...मेरे प्रति इतनी रुक्षता !...वही जब इन्हें...मु... मुझे...अपना नहीं मानती...त...तो...फिर मैं ही क्यों व्यथित होऊँ ?...कौन लगती है वह हमारी ? माधवी...मा...ध...वी...एक ठंडे स्त्रैण क्रोध से गालव भर गए। मुख पर हलकी-सी उत्तेजना...लाली उभर आई...कपाल पर रेखाएँ खिंच गईं...पर

शीघ्र ही स्वयं को नियंत्रित किया। एक गहरी ठंडी श्वास त्याग चुपचाप चल दिये।

इस बार माधवी आगे थी, वे अनुगमन करने लगे। यदा-कदा देख लेने पर ...गौरवर्णी कन्धों के पीछे, कटि से फिसलती नितम्बों पर झूल रही वेणी में शिरीष के फूलों की गुँथी माला दिखाई दे जाती। नितम्बों के भार ने चाल में एक अवर्णनीय मोहकता भर दी थी। घबराकर दृष्टि फेर ली। पर एक सर्पीला आकर्षण बार-बार मन-नेत्रों को उधर ही खींच लेता था। तब आगे बढ़कर साथ-साथ चलने लगे। मार्ग काटना पर्वतारोहण-सा दूभर हो गया था, पर जैसे-तैसे कट ही गया।

भोज नगरी में प्रवेश करने पर मार्ग, वीथियों, पण्य, गृह-द्वारों, गवाक्षों से चकित दृष्टियाँ घूरने लगीं। राजकुमारी माधवी और गालव ऋषि, निश्चय ही महाराज उशीनर के पास आएँगे, इसका उन्हें विश्वास था। उनके आगमन की सूचना वन्य अग्नि-सी फैलने लगी। अपराधी से वे सिर नीचा किए राजप्रासाद की ओर चलने लगे। उत्सुक नागरों की छोटी-सी भीड़ पीछे लग गई। सार्वजनिक लज्जा की अनुभूति ने पीड़ा से विकल कर दिया। इच्छा हुई धरती फट जाए तो निःसंकोच समा जाएँ। पर वैसा कुछ नहीं हुआ। गुरु दक्षिणा कितनी कठोर परीक्षा सिद्ध हो रही है, इसका आज अनुभव हुआ। लोक-लज्जा असहनीय होने लगी पर विवश थे।

मर्मर ध्वनि में चर्चारत पौरजनों की भीड़ को प्रासाद के प्रहरियों ने बाहर ही रोक लिया। प्रधान प्रहरी उन्हें सादर भीतर ले गया। प्रासाद के उद्यान में ही महाराज उशीनर से भेंट हो गई। अपने विदूषक के साथ वे विहार कर रहे थे। बाग में अनेक सुवासित फूलों, सुस्वादु फलों के वृक्ष, मयूर, हरिण, मृग छौने क्रीड़ारत थे। कपोत, शुक, सारिकादि की चहचहाहट से बाग गुंजरित था। पुष्करणियों में रंग-बिरंगी मछलियाँ नाच रही थीं। प्रसन्नवदन उशीनर के कन्धों पर रेशमी शालू पड़ा था। कन्धे तक बिखरे केश, कानों में कुंडल और उँगलियों में रत्न जड़ित अँगुष्ठिकाएँ थीं। मद खचित रक्त डोरों के कारण नेत्र बड़े लग रहे थे। वक्ष पर हीरक हार और पुष्प मालाएँ थीं। गालव एवं माधवी को आते देख, आगे बढ़कर उन्होंने उत्साहपूर्वक स्वागत किया, ''पधारिए भगवन्! हम सौभाग्यशाली हैं जो आपने अपनी चरणरज से हमें उपकृत किया। आपका भी

स्वागत है देवी!'' शीश झुका हाथ जोड़ उन्होंने सादर प्रणाम किया।

''आयुष्मान भव!...जीवेत शरद शतम्। ...राजन! हमारे आगमन के उद्देश्य...।'' बड़ी कठिनाई हो रही थी गालव को।

''हाँ मुनिराज! हम आभारी हुए।...देवी अन्तःपुर पधारें। ...सौमिल्ल...।'' उशीनर ने अपने विदूषक की ओर मृदु मुस्कान के साथ देखा।

''हाँ...हाँ...महाराज...अभी लिये जाता हूँ...देवी को...आह! ...कितने भाग्यशाली हैं देव। ...लगता है इन्द्र सभा की कोई अप्सरा उद्यान में उतर आई है।...वाह!...चलिए देवी...।'' हँसते, छेड़छाड़ करते सौमिल्ल ने नाटकीय शैली में झुककर चलने हेतु संकेत कर हाथ बढ़ाया।

एक विरक्ति से माधवी भर गई। गालव को भी घृणा हुई। पर विवश थे। माधवी सगर्व प्रासाद की ओर चल दी। वह ऐसे जा रही थी मानो कोई साम्राज्ञी अपने प्रजाजनों को उपकृत कर रही हो। मुख पर रुक्ष दर्प था। विदूषक सौमिल्ल सहम गया। उसका हास्य तिरोहित हो गया। चुपचाप, श्वान-सा पीछे-पीछे चलने लगा। श्वेत स्तम्भोंवाले प्रांगण को पार करते ही माधवी द्वार पटों के पीछे खो गई।

''उशीनर!'' दीर्घ श्वास त्याग गालव ने, मुग्ध भाव से, जाती माधवी को ताक रहे भोज नरेश को टोका।

''भगवन्!'' उशीनर सचेत हुए।

''सन्तान...हमारा अर्थ है, देवी आपके पास रहेंगी?''

''हाँ प्रभु!...हमें आपकी सारी इच्छाएँ, अनुबन्ध, आदेश स्वीकार्य हैं।'' उशीनर हर्म्य में जाने को उतावले थे।

''सन्देश भेजकर अयोध्या एवं काशी से अश्व मँगवा लें। यहाँ का कार्य समाप्त होते ही हम अश्वों सहित गुरुदेव के आश्रम जाएँगे।'' कुछ क्षण ठहरकर, ''आप देवी का ध्यान रखें।...उन्हें...उन्हें...किसी प्रकार का कष्ट न हो।...यथासमय हमें सूचना भेजें।''

''आप निश्चिंत रहें ऋषिवर। आपको यथासमय समाचार मिल जाएगा...। आप बिलकुल निश्चिंत रहें।...अर्घ पाद्य जलपान?'' आधे-अधूरे मन से उशीनर ने जानना चाहा।

''उसकी आवश्यकता नहीं है राजन!...अच्छा...हम चल रहे हैं।'' वे लौट

पड़े। उनकी पीठ फिरते ही उशीनर जल्दी-जल्दी पग उठा हर्म्य के लिए चल पड़े।

भारी हृदय के साथ गालव आश्रम लौटे। श्मशानी सन्नाटे में स्वयं को बन्दी बना लिया। सूनापन जब असहनीय हो गया तो तीर्थाटन हेतु निकल पड़े। जितना अधिक माधवी को भूलने का प्रयत्न करते उतनी ही तीव्रता से उसकी स्मृति विशेषकर भेदक दृष्टि पीछा करती-सी लगती। तब उन्होंने उस अनुभूति के समक्ष आत्मसमर्पण कर दिया। विचारों को ढीला छोड़ दिया। उनका मन किसी भी तीर्थ में अधिक समय तक रमता न था। उचट जाने पर अगले तीर्थ हेतु चल पड़ते थे। भटकते-भटकते पुण्य सलीला रेवा के तट पर स्थित माँधाता तीर्थ जा पहुँचे। यहाँ की प्रकृति सुषमा ने आत्मा को शीतलता प्रदान की। विंध्य पर्वतमाला की शाखा परियात्र के मध्य से बहती नर्मदा ऐसी लगती थी मानो किसी नवयौवना के वक्ष नितम्बों के मध्य बलखाई क्षीण कटि। शान्त सुरम्य वातावरण, वन्य पुष्पों की भीनी सुरभि, सभी कुछ अच्छा लगा। यहीं उनकी भेंट ऋषि अगस्त के शिष्य ऋषि सुलोचन से हुई। उनके सत्संग ने गालव की अशान्ति को कम कर दिया। माधवी की स्मृति, विस्मृति के अन्धकार में खोने लगी।

तभी भोज नगरी से आए तीर्थयात्रियों के एक दल से विदित हुआ कि महाराज उशीनर की नई पत्नी ने एक पुत्र को जन्म दिया है।

''कितने दिन हुए?'' गालव के मन का वेग बढ़ गया। उत्तेजना के कारण भाव उर्मियों की लाली मुख पर छा गई। माधवी की अनुभूति ने दुगुने वेग से हृदय पर अधिकार कर लिया।

''राजधानी छोड़े हमें कदाचित् एक माह से अधिक हो गया है मुनिराज। कुमार एक मास से तो अधिक के हो ही गए होंगे। ...अब तक तो शायद ऋषि...क्या नाम है उनका... ?''

''गालव... ।''

''तुमने ठीक स्मरण कराया सोम... ! हाँ...गालव ऋषि! ...शायद वे अभी तक उन्हें ले भी गए होंगे?''

अधिक सुनने का समय और साहस गालव के पास नहीं था। वे उसी समय भोज नगरी के लिए चल पड़े। गुरु दक्षिणा के ऋण से यथाशीघ्र मुक्त होने के लिए मन उतावला हो उठा। विचारों का अन्धड़ मन-मस्तिष्क को पुनः मथने लगा।

प्रत्येक पुरुष से उसे जो अनुभव मिला था उसने उसकी आत्मा को अंश-अंश पाषाण में परिवर्तित किया था। यद्यपि हर नई सन्तान ने उसके पाषाणी मन को पिघलाया, पर पिघलने का यह सुख कब तक...सब कुछ कितना अस्थायी...अस्थिर है। उस दिन हुआ भी यही।

बिखरे सूखे केश, तिरमिराई दृष्टि, धूल-धूसरित गालव की कृष काया जब भोजराज के प्रासाद पहुँची तो उशीनर का मन काँप गया। न चाहते हुए भी बाध्य होकर माधवी को गालव को सौंपना पड़ा।

"महाराज। देवी को गुरुदेव के आश्रम भिजवाने की व्यवस्था करें। हम अश्वों के साथ जाएँगे।"

"प्रभु! आप पर्याप्त थके लग रहे हैं।...यदि कुछ दिन...विश्राम...।" विछोह के क्षण को उशीनर यथासम्भव टालना चाहते थे।

"नहीं उशीनर...नहीं...हम शीघ्रातिशीघ्र गुरु-ऋण से उऋण होना चाहते हैं। आप अविलम्ब इनके प्रस्थान की व्यवस्था करें।" उद्विग्न गालव कुछ भी सुनने को तैयार नहीं थे।

"जो आज्ञा प्रभु।" सिर झुका, प्रणाम कर, हताश उशीनर व्यवस्था में लग गए।

राजरथ जिस काल माधवी को ले विश्वामित्र के आश्रम की ओर चला, उसका मन पाषाण बन चुका था। इस बार वह अकेली यात्रा कर रही थी।...कदाचित् गालवजी जान-बूझकर पीछे रह गए हैं—गुरु का सामना करने का शायद साहस नहीं है...अश्वों का मोह...तो हम पशुओं से भी गए बीते हैं...वह पाषाण प्रतिमा बन गई।

अश्वों को एकत्रित करते गालव सोच रहे थे...कितनी हृदयहीना है...एक बार भी साथ चलने हेतु अनुरोध करना उचित नहीं समझा उस पाषाणी ने?...क्या मैं दास-दासियों से भी तुच्छ हूँ?...यदि वह अपने मन में मेरे लिए कोई भाव-स्नेह को जन्म देना नहीं चाहती तो फिर...मैं ही क्यों विकल...व्यथित होऊँ... उस...उसके लिए...? तन्द्रा जब टूटी तो छह सौ अश्वों के सौन्दर्य ने अभिभूत कर दिया। प्रत्येक तुरंग विद्युत्-सा चंचल था। उनकी हिनहिनाहट, खुरों से धरती को खोदना, सघन केशोंवाली अयाल, देह की चिकनाहट और चमक। दुग्ध फेनिल श्वेत रूप से दुगुना सौन्दर्य प्रदान करनेवाला श्याम वर्ण ऐसा लग रहा था मानो किसी सुन्दरी के मुख पर डिठौना लगा हो...आह...सभी कुछ अद्वितीय

है...लगता है जैसे सौन्दर्य का सागर लहरा रहा हो...इसमें कोई सन्देह नहीं गुरुदेव सौन्दर्य चेता हैं। तभी तो अप्सरा मेनका की मादकता पर तपस्या न्योछावर कर दी। रसोद्रेक से गालव का मन भर गया।

आश्रम में निरभ्र शान्ति थी। पीपल वृक्ष के चबूतरे पर पद्मासन लगा वे सांध्य सुन्दरी के रूप को अपलक निहारने लगे। क्षितिज रेखा को सूर्य देव स्पर्श कर रहे थे। उसकी लालिमा की प्रतिच्छाया ने बिखरे बादलों को स्वर्णिम आभा से भर दिया था। श्वेत हंसों और श्याम कपोतों की पातें वातायन को पार करती अपने-अपने नीड़ों को लौट रही थीं। गोधूलि वेला में लौट रही गऊओं, बछड़ों की घंटियों की सुमधुर टुनटुनाहट ने वातावरण में रस घोल दिया। सौन्दर्य-प्रेमी मन से काव्य तरंगें निसृत हो आत्मा को आलोड़ित करने लगीं।

एक सौन्दर्य शालिनी की छवि उभरने लगी...नेत्र मुँदने लगे...वह रूप ऋचाओं में बँधने लगा...ओ...म्...भूर्वो...भू...र्वो...भू...र्व...स्व...ह...ओ..म्...छवि थी कि धुँधला गई...उसे पकड़ने के लिए मन विकल होने लगा...वह थी कि धुँधला-धुँधला जाती थी। कल्पना लोक की उस अव्यक्त सुन्दरता को अभिव्यक्ति देने का उन्होंने दृढ़ निश्चय कर लिया। पुन: ध्यानस्थ होने का प्रयत्न करने लगे।

आश्रम से पर्याप्त दूरी पर सारथी को आदेश दे माधवी ने रथ रुकवा लिया। आश्रम द्वार पर रथ से उतरने का उसे साहस नहीं हुआ। कुशिक राजघराने के इस तेजस्वी वंशधर ने राजकीय वैभव, विलास का स्वेच्छा से परित्याग कर तपस्या, संयम, दारिद्र्य, अध्ययन और ब्रह्मत्व का जीवन अपनाया ही नहीं महान ऋषि वशिष्ठ से भी प्राप्त कर राजर्षि पद पाया है। अपने तप बल से त्रिशंकु को सदेह स्वर्ग भिजवा दिया। महाराज हरिश्चन्द्र के जीवन की धारा बदल दी, जिनके सौन्दर्य-प्रेमी मन ने मेनका की रस सिक्त मदमाती देह पर सभी कुछ न्योछावर कर दिया...राम ने जिनकी चरण वन्दना की...ऐसा बहुचर्चित व्यक्तित्व...जो अपने जीवन काल में एक आख्यायिका, कहानी बन गया है...उनके सामने राज वैभव का फूहड़ प्रदर्शन क्या शोभा देगा ?...भय मिश्रित एक लज्जा की लहर तन में दौड़ गई। अयोध्या, काशी, भोज के राजमहलों में जो नि:संकोच जा खड़ी हुई थी, सहमते, झिझकते, धीर पग, लता गुल्मों से आच्छादित आश्रम द्वार पर आई। अनेक वैदिक ऋचाओं के स्रष्टा के सम्मुख जा खड़े होने में एक संकोच का अनुभव हुआ।

डूबते सूर्य की किरणों ने गौरवर्णी मुख की लालिमा को आलोकित कर रखा था। लगा एक आभावलय सिर के पीछे फैला है। तन पर पड़ा शुभ्र यज्ञोपवीत, मुँदी पलकें, कन्धे पर फैली लटें, देह में कहीं भी झुकाव न था न ही बढ़ती आयु का कोई चिह्न है...उस तपस्वी ने शायद आयु के चढ़ाव को रोक दिया है। वह जैसे एक स्थान पर आकर ठहर गई है। व्यक्तित्व की भव्यता ने दृष्टि को बाँध लिया।

मनःचक्षु अजस्त्र रूप धारा को आकृति प्रदान करने लगे। कल्पना का वह सौन्दर्य, एक छवि ग्रहण करने लगा...इसने आह्लादित किया...पलकें खुलने लगीं...सुन्दर...सुगठित सन्तुलित...देहयष्टि...कमनीय...सलोना...मुख...दीर्घ... लोचन...सोमरस से लाल अधर...कोमल गोल चिबुक...शंख-सी ग्रीवा...पुष्ट उरोजों का तीक्ष्ण उभार...कटि की त्रिवली...कदली-सी जंघाएँ...चीनान्शुक...गात आह।...कौन है...कहीं आत्मा में अंकित सौन्दर्य ही तो साकार नहीं हो गया?...स्वप्न है या सत्य?...कहीं समाधि लोक में ही तो विचरण नहीं कर... रहा...हूँ... ?...कहीं उर्वशी...मेनका...ना...कदाचित्...रम्भा...श्वास रुकती सी लगी...तभी चेतना लौटने लगी...केशों को वायु में उड़ते देखा...यह तो...यह...तो... कोई जीवन्त...नारी।

"थोड़ा घूम तो जा...ओ...।" सन्देह को दूर करना चाहा। कठपुतली-सी वह घूम गई। गौरवर्णी पृष्ठ भाग...चौड़ी पर छोटी पीठ पर से कंचुकी बन्ध...उभरे नितम्ब...सामने थे...आह! कितनी सुन्दर है...निर्दोष रूप...घूम जाने में भी आकर्षक नृत्य भंगिमा...तो यह कल्पना लोक की ऋचा-कामिनी नहीं सत्य सुन्दरी है...वे जाग्रत हुए।

"कौन हो तुम?...कहाँ से आई हो? ...क्यों आई हो? क्या चाहिए?...किसने भेजा है... ?" स्वर से एक खीज झर गई।

इतने सारे प्रश्न...एक साथ? इस स्वागत ने उसे घबरा दिया। ...किस प्रश्न का उत्तर दे?...किसे छोड़े?...हे भगवान।...गालवजी अभी तक क्यों नहीं आए? उत्तर न देने पर कहीं क्रोधित हो श्राप दे दिया तो? डर गई वह।

"ज...जी...ह...हम...माधवी...। माधवी है...ग...गालवजी...ने।" भय विजड़ित वाणी घुट गई।

"मा...ध...वी...माधवी।" एक क्षण के लिए भ्रकुंचित हुए...फिर विद्युत्-सी चमकी...तो गुरु दक्षिणा हेतु इ...इस लड़की का उपयोग कर रहा है गालव।

"भ...ग...व...न्।"

गालव उत्तर नहीं दे पाए।

"अध्ययन हेतु नए शिष्य आए अवश्य हैं। पर सच कहूँ गालव, तुम-सा परिश्रमी, अध्यवसायी, सेवाभावी उनमें से एक भी नहीं है। आजकल के इन लड़कों को जाने क्या हो गया है? परिश्रम से डरते हैं। अल्प समय में ही बिना श्रम सब कुछ पा लेना चाहते हैं।" अपनी ही रौ में वे बोले जा रहे थे, "ये भूल जाते हैं कि प्रतिभा विरासत में नहीं मिलती परन्तु कठोर परिश्रम से महान सफलताएँ प्राप्त की जा सकती हैं।"

कितनी बड़ी बात प्रभु कह गए हैं! गालव दंग रह गए। मन श्रद्धा से भर उठा। वे अभी भी उसका हाथ थामे हुए थे। उनके पार्श्व में बैठने में गालव एक संकोच का अनुभव कर रहे थे। ...मेरा स्थान तो प्रभु के चरणों में है। अपने पास बैठाकर कितनी महती कृपा की है उन्होंने।

"क्या सोच रहे हो।"

"जी...जी...कुछ नहीं।"

"अरे भाई! तुमने अपना आश्रम स्थापित किया या नहीं?"

"जी हाँ...जी स्थापित किया है, गोपगिरी में।"

"कितने छात्रों को शिक्षित कर रहे हो?"

"जी...जी...अभी तो...।"

"समाज के अज्ञान अन्धकार को दूर करने के यज्ञ को तुमने अभी तक आरम्भ नहीं किया गालव? हमारी शिक्षा भूल गए? समाज कल्याण के कर्तव्य को इतने शीघ्र भूल गए?" विश्वामित्र की वाणी में हलका-सा क्रोध था।

"गुरुदेव...व...वो...मैं...इन दिनों...व्यस्त था।"

"कहाँ?...किस कार्य में व्यस्त थे? शिक्षा दान से भी कोई बड़ा काम था तुम्हारे पास?"

"भगवन्...वो...गुरु दक्षिणा...श्याम कर्ण अश्व।"

"गुरु दक्षिणा...कौन-सी गुरु दक्षिणा?"

अध्ययन-लेखन में डूबे रहनेवाले विश्वामित्र उस बात को भूल गए थे।

"प्रभु!...मैं...वो...श्याम कर्णी...श्वेत अश्वों...।"

स्मरण आते ही विश्वामित्र हँसने लगे।

"अच्छा...अच्छा...तो इन वर्षों तुम उन आठ सौ अश्वों को एकत्र करने में लगे थे?"

"हाँ देव!...पर...।" ठिठके गालव उठ खड़े हुए, झुककर गुरु के गौरवर्णी, लाल चरणों को पकड़ लिया, "गुरुदेव! आठ सौ का प्रबन्ध तो नहीं हो सका है। मात्र छह सौ ही जुटा पाया हूँ।...इतने ही उपलब्ध हैं...वे आश्रम के बाहर हैं। अ... अ...और...दो सौ अश्वों के बदले..उ...उन्हें लाया हूँ...।"

"दो सौ अश्वों के बदले उन्हें लाए हो..? अरे भाई...किसे...लाए हो?" विश्वामित्र हैरान थे।

"ज...जी...व...वो...उन्हें...।" तो क्या माधवी यहाँ नहीं पहुँची? पितृगृह चली गई?...ऐसा तो वह नहीं करेगी।...तब क्या गुरुदेव से भेंट नहीं हुई?

"जी...वो...माधवी...महाराज ययाति की...पुत्री...राज...कुमारी...दो दिन पूर्व ही...वे...यहाँ...।" गालव को लगा बड़ी कठोर परीक्षा दे रहा हूँ।

सारी स्थिति स्पष्ट हो गई। ...तो वह लड़की दो सौ अश्वों को पूर्ति के रूप में यहाँ लाई गई है। कुछ क्षण चुपचाप बैठे रहे। ...कहाँ है वह? दो दिन से उसे देखा नहीं...मिला तक नहीं। शायद अतिथिशाला में है। उन्होंने गालव को निहारा। इसकी मूर्खता पर हँसे या रोएँ? कितनी गम्भीरता से उनके वचनों को इसने ले लिया। अनेक कष्ट उठा, अनेकों का उपकार ले अश्वों और माधवी को लाया है। अब अपराधी-सा सिर नीचा किए खड़ा है। मन में ममत्व उमड़ आया।

"चलो देखें कहाँ हैं तुम्हारे अश्व?" गालव के कन्धे पर हाथ रखकर वे द्वार की ओर बढ़ लिये।

आश्रम के बाहर वृक्षों की सघन छाँव में छह सौ अश्व खड़े थे। भगवान विश्वामित्र को आया देख सेवकों ने झुककर श्रद्धा से प्रणाम किया। एक ओर हटकर विनीत मुद्रा में खड़े हो गए। अश्व अत्यन्त चंचल थे। स्थिर खड़े रहना मानो सीखा ही नहीं था। तुरंगों की सुन्दरता ने विश्वामित्र का मन प्रसन्नता से भर दिया। मुख दीप्त हो उठा।

"सुन्दर...अति...सुन्दर...वत्स...गालव...वास्तव में तुमने अद्‌भुत कार्य किया है।" मुड़कर उन्होंने स्नेह से गालव का कन्धा थपथपाया। गालव का सारा परिश्रम सार्थक हो गया।

"तो...ये...छह सौ ही हैं...।"

"हाँ भगवन्!...इतने ही उपलब्ध हैं...। शेष...मेरा अर्थ है...बचे दो सौ अश्वों के बदले...एक सन्तान...माधवी...।" बात पूरी करने का साहस गालव को नहीं हुआ। लज्जा से जिह्वा बन्द हो गई।

विश्वामित्र मन ही मन मुस्कराए। पर गम्भीर बने रह अश्वों, वृक्षों के पार के अन्तरिक्ष को घूरते रहे। उत्तर दिये बिना धीर पग अन्दर चले गए। गालव ने अनुसरण किया। पर्णकुटी में प्रवेश करने के पूर्व पलटे बिना ही बोले, "गालव! अन्य प्रबन्ध होने तक आज से इन अश्वों का उत्तरदायित्व हम तुम्हें सौंप रहे हैं।...अपनी माधवी को सेवा हेतु भेज देना...।" उत्तर की प्रतीक्षा किए बिना अन्दर चले गए। माधवी को कुछ भी कहने की आवश्यकता नहीं पड़ी।

अश्वों की व्यवस्था कर गालव ने पीपल वृक्ष के चबूतरे पर सोने का स्थान बनाया। वहाँ से अतिथिशाला और आचार्य कुटी दिखाई देती थी। रात्रि के दूसरे प्रहर की समाप्ति के बाद अतिथिशाला के द्वार खुलने के स्वर सुनाई दिये तो लगा कि माधवी ने गुरु इच्छा सुन ली थी। उन्होंने छुटकारे की साँस ली। श्वास रोक शव से पड़े रहे। अधखुली दृष्टि से पसरे अन्धकार को भेदने का प्रयत्न करने लगे। सारी इंद्रियाँ सजग थीं। धीर पग, नि:शब्द माधवी को आचार्य की पर्णकुटी में जाते देखा।

ज्यों ही कुटिया का द्वार बन्द हुआ, उनका जी धक से रह गया। एक नई यंत्रणा ने घेर लिया। यद्यपि वे खुले में सोए थे, पर लगा किसी ने उन्हें वायुहीन बन्द कक्ष में बन्दी बना दिया है। साँस लेने में कष्ट होने लगा। अभी तक तो ठीक था कि माधवी के साथ राजप्रासादों में जो कुछ भी घटित हुआ, उसके वे साक्षी नहीं थे। इस बार स्थिति यातनादायी बन गई। व्याकुलता में करवटें बदलने लगे, उठ बैठे, पर किसी भी अवस्था में चैन नहीं मिल रहा था।...अब तो माधवी की स्थिति में भी परिवर्तन हो गया है रे गालव!...अघोषित गुरु पत्नी...मातृ तुल्य...हे भगवान!...और कौन-कौन से दृश्य...अनुभवों की सुरंगों से गुजरना...भागना... पड़ेगा।...अकुलाहट जब अधिक बढ़ गई तो आश्रम से बाहर चल दिये...अश्वों के पास।...अब उनका स्थान यही है...अनेक अश्व खड़े-खड़े सो रहे थे...कुछ यदा-कदा खुरों से धरती खोद लेते थे, अपनी दुम से रात्रि कीटों को उड़ा रहे थे। घास का बिस्तरा बना वहीं लेट गए। रात्रि की ठंडक अपना काम करने लगी...न जाने कब लुढ़क गए, उन्हें ही पता नहीं।

माधवी ने आश्रम को तपस्वी विश्वामित्र की गृहस्थी में बदल दिया। एक कुशल गृहिणी-सी सभी कुछ सँभालने लगी। उसने अनुभव किया, वह यहाँ की स्वामिनी है। राजमहलों में करने को कुछ न था। तीनों नरेश कुछ करने भी नहीं देते थे। रात-दिन उसकी चाटुकारिता और अधिकाधिक उपभोग हेतु यत्नशील रहते थे। राजर्षि का तो स्वभाव ही विचित्र है। अध्ययन, लेखन, मनन, काव्य सृजन, वैदिक ऋचाओं के निर्माण में जब डूब जाते हैं तो उसे भूल ही जाते हैं। वह स्वयं पहुँचकर अपनी उपस्थिति का भान कराती है।

अन्तेवासी शिष्यों का उसे माँ...अम्ब कहना आत्मा को तृप्त कर जाता है। उन्हें भोजन कराना, दुग्धपान, जलपान आदि की व्यवस्था करने में एक विचित्र आनन्द की अनुभूति होती है। वैदिक ऋचाओं का सस्वर पाठ, यज्ञ, हवन, गौ सेवा, बछड़ों का उसके हाथों को चाटना...पवित्रता की लहरों में वह डूबने-उतराने लगी।

अरे!...गालवजी! वो तो आजकल दिखाई ही नहीं देते?...कहाँ चले गए?... आश्रम में आते ही नहीं?...कदाचित् अश्व सेवक बनकर रह गए हैं?...मुस्करा उठी मीठी, मोहक मुस्कान...शुनवेद से ही पूछना पड़ेगा...वही उनके लिए दूध, फल, भोजन ले जाता है।...पूछकर भी क्या होगा?...कहीं उन्हें...उनके गुरुदेव को विदित हो गया तो श्राप न दे दें? भय से सिहर उठी वह।

हाँ! यही उनकी दिनचर्या है। गुरु आदेश ब्रह्म वाक्यम्...कैसे टाला जा सकता है...फिर विश्वामित्र जैसे दुर्धर्ष गुरु!...ये अश्व कितने प्यारे और अमूल्य हैं...कोई चुरा ले गया तो सारा परिश्रम व्यर्थ। अब वे भी कितनी आदरणीया, श्रद्धास्पद बन गई हैं...माँ ही...पर मन विद्रोह करने लगता। ...कल की लड़की...माधवी को हमने नारी और माँ बनते देखा है...और अब...अपनी माँ भी...ना...ना...यह नहीं हो सकता।...मन कहीं भी तो...एक कोमल तंतु से...उससे बँधा है...पर अब...यह सब...यह पाप है गालव!...शान्तम्...पापम्...शान्तम् पापम्...ऐसा सोचना भी नीचता होगी।...ठीक है मैं तो उनसे भेंट करने जा ही नहीं सकता...पर क्या वह नहीं आ सकती?...सम्भवतः ...आना ही नहीं चाहती होगी? कहीं गुरुदेव का भय?...सब प्रश्नों पर ताले पड़ जाते। अश्वशाला की स्वच्छता-सफाई में डूबने का प्रयत्न करते। रात-दिन अश्व सेवा में जुटे रहते। नदी तीर ले जाकर उन्हें रगड़-रगड़कर नहलाना, अंग मर्दन, जल, चारे की

व्यवस्था, उन्हें सैर को ले जाना। अब यही दिनचर्या रह गई थी उनकी।

अश्वों से स्नेह हो चला। वे भी उनके स्पर्श को पहचानने लगे। एक-दूसरे के सुख-दुख बाँट लिये। प्रत्येक के रंग गुण के अनुरूप गालव ने उनका नामकरण कर दिया। हाथ फेरते ही अश्व दुम हिलाने लगते। यदा-कदा उनका हाथ चाटते, कन्धे पर सिर टिका देते। उनकी आँखों से टपकता स्नेह उन्हें आप्लावित कर देता। गालव के संकेत मात्र पर वे कार्य करने को तत्पर रहते। दुविधा में जी रहे गालव ने परिस्थितियों से समझौता कर लिया। समझौते की भावना के विकसित होते ही, आत्मा से अशान्ति की बदली छंटने लगी। वे अश्व चिकित्सा एवं अश्व विज्ञान के अध्ययन में डूब गए। ज्ञान का एक नया संसार उनके सामने खुल गया।

मेनका के जाने के बाद आत्मा में नागफनी उग आई थी।...जीवन कितना शुष्क हो चला था...मरुस्थल की अन्तहीन बालू जैसे पसर गई थी...प... पर...इ...इस...लड़की...माधवी के आगमन के बाद...नागफनी में फूल खिल उठे हैं...मरुस्थल में हरीतिमा छा गई है...आत्मा में कोमल अनुभूति का एक स्रोत-सा फूट पड़ा...मुख पर छाई रहनेवाली रुक्ष कठोरता तिरोहित हो गई। मन प्रसन्न रहने लगा...नव काव्य की अनुभूति...ऋचा सुन्दरी...वह कोमल कान्त पदावली ...वह क्षण-भंगुरा...जिसे शब्दों का वस्त्र पहना लिख डालना चाहते थे...माधवी के कारण साकार होने लगी...इस लड़की ने सब कुछ बदल दिया है...कितना कुछ दिया है।...दैहिक सुख ही नहीं एक रसानुभूति भी...मन में सोए सौन्दर्य को जाग्रत कर रही है...आह! कहीं वह तो नहीं है ऋचा सुन्दरी!...गायत्री...वह मंत्र जिसे सिद्ध करने में वे उस संध्या असफल रहे थे निश्चय ही वह अब सिद्ध होगा अवश्य होगा...तुम्हारे ही कारण...माधवी...निद्रा भंग हो जाने से वे विचार तन्द्रा में डूबे पड़े रहे।...सहसा उठ बैठे...मन विकल हो रहा था।...बगल में निश्चित सोई माधवी के सुप्त मुख की कमनीयता अच्छी लगी। उसके केशों को हलके से सहला दिया...पर सजग थे, कहीं उसकी निद्रा भंग न हो जाए...निःशब्द उठकर बाहर आए। मनोहारी शान्ति फैली हुई थी।

प्रफुल्ल मन जब दिग्मंडल को निहारा तो एक नए सौन्दर्य को सृजित होते पाया। पीपल वृक्ष के नीचे बैठे उस बाह्य सुन्दरी की रूप सुधा का पान करने लगे। उषा सुन्दरी का आँचल फैलने लगा था। तिरोहित होती रात्रि की कालिमा

पर स्वर्ण रश्मियाँ अधिकार करती चली जा रही थीं। कृष्ण स्वर्णमय उस विहान के संधि काल में पक्षियों का कलरव सुमधुर संगीत की सृष्टि करने लगा। कुछ तारे अभी भी टिमटिमा रहे थे...पश्चिमाकाश के क्षितिज पर...वृक्षों की डालियों के पीछे...फीका चन्द्रमा अस्त होते दिखा...शीतल...मन्द ...सुवासित...पवन झकोरों ने मन को प्रसन्नता से भर दिया...आह...!...माधवी की सुचिक्कण देह...नेत्र पटल पर एक छवि उभरने लगी...वह तो माधवी नहीं...ऋचा...सुन्दरी... उस सांध्य वेला में जो आकृति बनते-बनते बिखर गई थी...दुगुने वेग से स्पष्ट होने लगी...लगा...दूर से...अनति दूर से...नुपूर ध्वनि के साथ...वीणा वादिनी...आ रही है...ओ..म्..भू...र्वो...भूर्व...स्वः...ओम...तत्सत...वितुर...वरेण्यम्...ओम... वितुर...आह!...वैदिक ऋचाओं की साम्राज्ञी...गायत्री...सृजन का यह क्षण...माधुर्य से कितना ओत-प्रोत है...ओम...तत्सत...वितुर...वरेण्यम्...भर्गो देवस्य...धी मही...धियो...यो नः ...प्रचो...दयात्...ओ...म्...लगा माधवी गायत्री बन गई...मंत्र सिद्ध हो गया...जल्दी...जल्दी...ऋचा मंत्र का पारायण करने लगे। जिस क्षण तन्द्रा टूटी सूर्य भगवान ने आश्रम को प्रकाश से भर दिया था। सुन्दर सुगन्धित पुष्पों की डाली लिए माधवी आश्रम वाटिका से बाहर आ रही थी। उसने श्रद्धा से प्रणाम किया।

"माधवी...यहाँ तो आना।" वाणी से मधु टपकने लगा। माधवी ससंकोच पास आ खड़ी हुई।

"हम तुम्हारे कृतज्ञ हैं शुभे! तुम्हारे आगमन के बाद ही हम उस ऋचा को... गायत्री मंत्र को आज सिद्ध कर पाए। तुम्हीं उसकी प्रेरणा हो। हम अत्यन्त प्रसन्न हैं।...बोलो क्या चाहिए?"

माधवी सिर नीचा किए चुप खड़ी रही।

"बोलो मधु...क्या चाहिए तुम्हें?...आज कुछ भी अदेय नहीं है तुम्हारे लिए।"

"हमें कुछ नहीं चाहिए भगवन्।...मात्र आपका अनुग्रह...स्नेह...आशीष ही पर्याप्त है।" झिझकते, बड़ी कठिनाई से उत्तर दे पाई।

"वह तो तुम्हारा ही है देवी।...जीवन में...जब भी तुम चाहोगी...वह अवश्य मिलेगा।"

प्रणाम कर माधवी कुटी में चली गई। उसी रात्रि वह गर्भवती हुई।

कालचक्र अपनी गति से घूम रहा था। प्रातः मध्याह्न, संध्या और रात अपने

नियत समय पर आ-जा रहे थे। अपनी मन:स्थिति के अनुरूप प्रत्येक उसके प्रभाव का अनुभव कर रहा था। गालव को उसकी गति धीमी लग रही थी जिसे काटना दूभर हो रहा था। माधवी की संगति में राजर्षि को वह भागता-सा लगा। और माधवी! नई सन्तान के जन्मते ही उसमें मग्न हो गई। वह बालक ही उसके लिए समय बन गया। रह-रहकर उससे बिछुड़ने का भय सताता रहता। आत्मा को विकल कर जाता।

बालक के जन्म ने गालव के प्राणों को राहत दी। परन्तु साहस न हुआ कि माधवी को महाराज ययाति को लौटाने के बोरे में आचार्य श्री से चर्चा करें। चुपचाप उस दिन की प्रतीक्षा करने लगे जब प्रभु स्वयं बुलाकर माधवी को सौंपेंगे।

राजर्षि का मन बिछोह की कल्पना रो विचलित हो जाता था। बालक के जन्म ने उन्हें एक नए मोह से बाँध दिया। परन्तु...अनुबन्ध का पालन करना पड़ेगा। उसे तोड़ने का साहस कोई भी आर्य, विशेषकर ऋषि तो कर ही नहीं सकते। तब उन्होंने एक दिन शुनवेद से गालव को बुलवा लिया।

चरण-स्पर्श प्रणाम कर गालव एक ओर खड़े हो गए।

''तुमने अपनी यह क्या अवस्था बना रखी है, गालव! ...क्या कर रहे थे इन दिनों?'' एक तेजस्वी ब्रह्मचारी नहीं एक अश्व पालक को देख वे चकरा गए। हड्डियों का ढाँचा, सूखे केशों में चिपके घास के तिनके, गौरवर्ण धूप, वर्षा-ठंड की मार से जलकर ताम्रवर्णी...ना काला पड़ गया था। वह अंत्यज अधिक लग रहा था...अनार्य...शूद्र। विश्वामित्र भूल ही गए थे कि उन्होंने स्वयं उसे अश्व सेवा हेतु आदेश दिया था।

''प्रभु! आपके ही आदेशानुसार मैं उन अश्वों की देखभाल में व्यस्त था।'' गालव ने अत्यन्त दीनतापूर्वक उत्तर दिया।

शिष्य की आज्ञाकारिता ने उन्हें ममत्व से भर दिया। सच्चे मन से आशीर्वाद दिया, ''वत्स! हम तुम्हारी विनयशीलता से अत्यन्त प्रसन्न हैं। हमारा आशीर्वाद है, तुम्हारी कीर्ति अक्षय होगी।...पर, गालव, श्याम वर्ण अश्वों के लिए...मारे...मारे...फिरने की अपेक्षा...यदि प्रारम्भ में ही माधवी को...आश्रम ले आते तो...तुम्हें इतना कष्ट तो नहीं उठाना पड़ता...आठ सौ अश्वों के बदले...हम ही उससे...चार सन्तानें प्राप्त कर तुम्हें गुरु ऋण से मुक्त कर देते।''

अपराधबोध ने गालव की आत्मा को प्रताड़ित किया।

सुदूर क्षितिज में विश्वामित्र की दृष्टि न जाने क्या खोजने लगी। बात को उन्होंने आगे बढ़ाया, "खैर! जो हुआ सो हुआ। अब माधवी को पुत्र अष्टक और अश्वों के साथ ययाति को सौंप अपने आश्रम जाकर सामाजिक कर्तव्यों का पालन करो।"

गालव की समझ में नहीं आया कि वह हँसे या रोए या अपनी मूर्खता पर पश्चात्ताप करे। आचार्यश्री को समझना सच ही कठिन है। यदि माधवी को ही सौंपना था तो फिर...आगे और नहीं सोच सके। चुपचाप प्रणाम कर, माधवी उसके पुत्र अष्टक और अश्वों को लेकर चल दिये। माधवी भी स्तम्भित थी। उसे आशा नहीं थी कि एक माँ को उसके पुत्र के साथ रहने का अवसर मिलेगा। पुरुष शासित इस समाज में क्या यह भी सम्भव है? प्रस्थान के पूर्व उसने झुककर डबडबाई आँखों से जब विश्वामित्र को प्रणाम किया तो उन्हें कहते पाया, "माधवी! उपनयन संस्कार की आयु प्राप्त करने पर अष्टक को आश्रम भिजवा देना। उसके अध्ययन आदि का भार हमारा रहा।"

कृतज्ञतापूर्वक उन्हें पुनः प्रणाम कर अपने लाल को छाती से लगा माधवी चल दी। पहली बार मातृत्व सुख भोगने का अवसर राजर्षि ने उसे जो दिया था। सच्चे मन से वह उनकी अनुगृहीत थी।

महाराज ययाति को माधवी एवं अश्व सौंपने के बाद गालव विदा होने लगे तो उनका कंठ भर आया। आभार प्रगट करने हेतु शब्द नहीं मिल रहे थे। वे बहुत कुछ कहना चाहते थे, पर स्वर थे कि कहीं खो गए थे। आँखें पनिया गईं। माधवी के साथ बिताये वर्षों की स्मृति मानस पटल को झकझोर गई।...इस लड़की ने...ययाति आत्मजा ने उनके लिए जो कुछ किया...क्या...उनकी दुहिता-भगिनी...पत्नी भी कर पाती?...भावोद्वेलन ने आत्मा को मथ दिया। भरे कंठ से मात्र इतना ही कह पाए, "...दे...वी...माधवी...गुरु ऋण से...उऋण कराने में... आपने हमारे लिए...जो कुछ भी किया...वह...अद्वितीय है...आपका देहदान... आर्यावर्त के इतिहास-पुराण की अनूठी घटना...कथा बनेगा...न भूतो...न भविष्यति...हम...कैसे...क्या...कहें...।" वे झुककर चरण वन्दना करना चाहते थे...पर एक संकोच! लज्जा ने ऐसा करने नहीं दिया।

"गालवजी! क्या हमारा मात्र इतना ही योगदान है? सच कहूँ गालवजी, आप सभी पुरुषों ने हमें एक माध्यम ही माना है।...कदाचित्...प्रत्येक नारी की

यही नियति है...प्रत्येक पुरुष ने उसे देह ही समझा है...दैहिक सुख प्रदान करनेवाली पुत्तलिका! हमारे पूज्यवर पिता महाराज ययाति, आप, महाराज हर्यश्व, काशीराज दिवोदास, भोजेश्वर उशीनर, सभी ने मात्र हमें देह ही माना। महाराज ययाति को हमारे दान के माध्यम से स्वर्ग प्राप्ति की कामना-चिन्ता थी। आप गुरु दक्षिणा के ऋण से उऋण होना चाहते थे। तीनों नरेश अपने शयन कक्षों के सूनेपन से भयभीत थे।...आपमें से किसी ने भी...हमारी भावनाओं को समझने का रंचमात्र भी प्रयत्न क्यों नहीं किया? ...क्योंकि आपमें से प्रत्येक ने हमें स्वार्थपूर्ति का माध्यम ही माना!''

गालव का मुख पीला पड़ गया। चुप रहकर सभी कुछ सहनेवाली इस कोमलांगी की आत्मा में कितना बड़ा दावानल धधक रहा था...आज विस्फोट हो ही गया। गालव की साँस रुक गई।

''और आपके गुरुदेव! ...उन्होंने सम्भवत: थोड़ा-बहुत समझा तभी तो हमारे पुत्र से हमें अलग नहीं किया।...पर...उनके व्यक्तित्व के तेज से हम सदैव भयभीत रहीं...एक हीनता हमें ग्रसे रही! ...हमें तो लगता है गालवजी, आप पुरुषों के लिए नारी सिर्फ भोग्या है...वही बनी भी रहेगी। पर नहीं गालवजी! नारी के पास देह के परे भी कुछ होता है।...उसके अपने सपने हैं...विचार और आकांक्षाएँ होती हैं...कल्पना का उसका अपना संसार है...और वही उसका सर्वश्रेष्ठ है।...न जाने कब, किस युग में...कोई पुरुष इसको समझ पाएगा?'' आत्मदया से वह भर गई। एक उदास बदली ने उसके सुन्दर आनन को ढक लिया। लोचनों में वीतराग उतर आया।

''बेटा माधवी!...स्वयंवर आयोजित कर हम तुम्हारा विवाह करेंगे।'' ययाति ने समझाने का प्रयत्न किया।

''स्व...यं...व...र...,'' वह हँस पड़ी, ''अब उस सबका क्या होगा तात्?...यह नाटक क्यों?...ना महाराज, उस नाटक की पात्री बनकर हम और अधिक अनुभव प्राप्त करना नहीं चाहते। क्या हम अपने पति को अपने कुँआरे सपने दे पाएँगे?'' वह रुक गई सोचने लगी कहे या ना कहे...अभिजात्य संकोच ने उसे घेर लिया। लेकिन मन को हलका करने के लिए कह डालना ही उचित लगा, ''महाराज! नारी अपनी आत्मा में चाहे जिस पुरुष के चित्र को कैसे स्थान दे सकती है?...फिर हमारे जीवन में जो कुछ घटित हुआ है, उसके बाद भी यह

सब क्या सम्भव है गालवजी ?...हमारे लिए अब इस सबका अर्थ ही क्या रह गया है ?...सच कहें गालवजी !...आप लोग सुन सकेंगे... ? ''

''ना...ना...माधवी...अब कुछ ना बोलो...हम भी तुमसे बहुत कुछ कहना चाहते हैं। ...ना माधवी तुमने जो कुछ सोचा–समझा है, हमारे बारे में...वैसा कुछ भी नहीं है...तुम्हें लेकर हमारी आत्मा कुरुक्षेत्र की जिस त्रासदी को भोग रही है...उसे हम तुम्हें कैसे बताएँ ?''...चरम आतंक व्यथा के उन क्षणों में उनकी वाणी जड़ हो गई।

''गालवजी !...पाप बोध की यंत्रणा ने हमें त्रस्त कर रखा है! स्वयंवर... विवाह...क्या उससे मुक्ति दिला सकेगा ?...हम तो...हम तो...एक गणिका बनकर रह गए... यह जीवन तो हमारा नष्ट ही हो गया...ना...कर दिया गया। यदि प्रभु हमें दूसरा जन्म दें तो हम उनसे यही प्रार्थना करेंगे...वे हमें और कुछ भी बना दें...नारी जन्म न दें...,'' वह रो पड़ी सिसकती, टूटती वाणी में बोली, '' ...अब...ह... मारे...वश...में...इस तन...आ...आत्मा...की...शु...शुद्धि... के...तप...मात्र...कठोर तपस्या...रह गई है।''

सहसा झुककर उसने उन दोनों को बारी–बारी प्रणाम किया और पलटकर चल दी। कल तक गोद में बैठकर खेलनेवाली, मचलने, रूठनेवाली बिटिया कितनी महान बन गई थी, ययाति निर्निमेष देखते ही रह गए। गालव का मन हाहाकार कर रहा था। देखते ही देखते हिमालय से भी ऊँचा वह व्यक्तित्व उन बौनों के दृष्टिपथ से ओझल हो गया।

गुलारा बेगम

कुछ समय पूर्व व्यक्तिगत काम के सिलसिले में मुझे बुरहानपुर जाना पड़ा। वहाँ मैं अपने अभिन्न मित्र चन्दू बाबू के यहाँ ठहरा। बुरहानपुर अपनी ऐतिहासिक इमारतों, रसवन्ती नर्तकियों, और रसीली मिठाइयों के लिए आज भी विख्यात है। ये तीनों आज भी सैलानियों का मनोरंजन करते हैं। चौक बाजार की रौनक आज भी कायम है। अनेक प्रकार की दुकानें चौक की शानदार मस्जिद को घेरे हैं। मस्जिद की बुर्जियाँ आसमान से बातें करती हैं। चौक की दुकानों में बालाई और चाट बेचनेवालों के खोंचों के आस-पास चटखारे ले-लेकर खानेवालों की भीड़ देखने काबिल होती है। साँझ के झुटपुटे में यहाँ का सारा समाँ मध्ययुगीन वातावरण की सृष्टि आज भी कर देता है। निमाड़, खानदेश और साथ लगे महाराष्ट्र के दूर-दराज के गाँवों, कस्बों को यहाँ की मिठाइयाँ और नर्तकियाँ आज भी आनन्दित करती हैं। मौज-शौक के प्रेमी बुरहानपुर आने पर इनका मजा लेना नहीं चूकते।

यहाँ आने पर ही मुझे पता चला कि इतिहास की रोशनी के दायरे में आनेवाले व्यक्ति और घटनाएँ तो सदा चमका करती हैं। सदियों तक वे सभी की निगाहों पर छाई रहती हैं। पर कभी-कभी इतिहास के अँधेरे में दफन साँसें भी अपनी ओर बरबस ध्यान खींच लेती हैं। तब अन्धकार में दबी ये गाथाएँ हमें दंग कर देती हैं। हम स्तब्ध रह जाते हैं।

रूपांगनाओं ने बुरहानपुर में बोरवाड़ी नामक अपना एक मुहल्ला ही बसा लिया है। हर रूप-रंग, नाक-नक्श, आयु और कद की सुन्दरियों का तो यह

अड्डा ही बन गया है। बोरवाड़ी गायिकाओं, नर्तकियों, वेश्याओं, भांड, मिरासी और तबलचियों से गुलजार रहता है। आज भी उस मुहल्ले की रौनक शौकीन-मिजाजों को खींच ही लेती है।

चार-पाँच सदियों पूर्व मुगल सेनाएँ, दक्षिण के मुहासिरे पर आगे बढ़ने के पहले बुरहानपुर में थोड़े समय के लिए आराम करती थीं। और तब यह शहर मुगलों की सैनिक छावनी बन जाता था। और विश्राम के उन क्षणों को आनन्ददायी एवं रसमय बनाने के लिए मुगल शहजादे, अमीर-उमरा, मनसबदार, सिपहसालार और साधारण सैनिक तक उतावले हो उठते थे। शराब और साकियों की महफिलें तब सज उठती थीं। घुँघरुओं की झनकार तथा अँगूरी से लबरेज प्यालों की खनखनाहट में सभी डूब जाते थे। ताप्ती के किनारे लगे आम, अमरूद, केले, सीताफल और फूलों से लदे बागों में शहजादे अपनी चहेतियों से अपना दिल बहलाते थे। ताप्ती की रातें बजरों पर गाए जानेवाले प्रणय गीतों की सुरीली तानों और नृत्य की अदाओं से थिरका करती थीं।

यहीं पर सम्राट शाहजहाँ की चहेती बेगम मुमताज महल ने आखिरी साँसें गिनी थीं। और ताप्ती के उस पार आहूखाना में उसे कब्र दी गई थी। ताज तो बहुत बाद में बना था। और बेगम की मिट्टी को आगरा तो और भी बाद में पहुँचाया गया था।

बोरवाड़ी की हसीनाओं ने मुगल सम्राट अकबर महान, उनके अजीज दोस्त, कवि, साहित्यकार और इतिहासकार अबुल फजल और मुगल हरम की सुन्दरियों का भी मनोरंजन किया था। यहाँ तक कि कट्टर औरंगजेब भी बोरवाड़ी की एक तन्वंगी के नयन-बाण से घायल हो अपनी सुधबुध खो बैठा था। पर वह सब दूसरी कथा है। वह मैं फिर कभी आपको सुनाऊँगा। बोरवाड़ी की नाज़नीनों की कला और सौन्दर्य ने तो प्रसिद्ध शायर, कवि और मनसबदार अब्दुर्रहीम खान-ए-खाना उपनाम 'रहीम' को भी आनन्दित किया था।

पर आज मैं यह सब इतिहास सुनाने नहीं बैठा हूँ। प्रसंगवश ही इसका जिक्र कर दिया है। आहूखाना और ताजमहल के निर्माण से भी पहले, बहुत पहले यहाँ बहुत कुछ घटा था। एक शहजादे ने बोरवाड़ी की अपनी एक चहेती के लिए प्यार की छोटी-सी बारादरियाँ बनवाई थीं। उस नारी के प्रति उसके मन में जितना प्यार था उतना ही बड़ा स्मारक उसे मिला। और वह इसी में खुश हो गई

थी कि वेश्यालय से उठकर शाही महल के हरम में उसे स्थान मिल गया था। और कुछ समय तक उस शहजादे के दिलो-दिमाग पर राज करने का उसे अवसर प्राप्त हुआ था।

वह कौन थी इसकी जानकारी मुझे किसी इतिहास ग्रन्थ में नहीं मिली। मिली मुझे उसके ही एक परिजन से। उसी की खानदान की एक नारी से। यदि वेश्याओं का कोई खानदान होता था तो वह उसी खानदान से थी; जिसने अपने और उसके जीवन के दुख-दर्द को उजागर कर दिया था। अँधेरे में छिपी एक टीस को उघाड़ दिया था।

हुआ यों कि चन्दू भाई के साथ आवागढ़, असीरगढ़, खूनी-भंडारा, शाही महल आदि देख लेने के बाद हम दुकान पर आ बैठे। तभी यह तय हुआ कि लगे हाथों थोड़ा रस-रंग भी हो जाए तो क्या हर्ज? फिल्मों में तो कई मुजरे देखे हैं। यदि इस बार असली हो जाए तो क्या बुरा? आकर्षण-विकर्षण में झूलते, सहमते-सकुचाते चन्दू भाई के साथ बोरवाड़ी जा पहुँचा।

''आइए हुजूर, आइए!'' खड़े होते हुए उस प्रौढ़ा ने हमारा स्वागत किया। उसके चेहरे पर ताज़गी, आँखों में वही चंचल शोखी और बात करने के लहजे में कशिश थी। अंगों से फूट रही खुशबू ने कमरे के माहौल को मदिर बना दिया था। बड़ी अदा से आदाब करते हुए उसने कहा, ''आज हम गरीबों पर हुजूर की कैसे नजरे इनायत हो गई? तशरीफ रखिए हुजूर।'' उसने गावतकिए की ओर इशारा किया। मेहँदी और नेल पॉलिश से रंगी कोमल उँगलियों में गजब की कलात्मकता थी।

बैठते हुए चन्दू भाई ने अपनी बेबसी का इजहार किया, ''क्या बताएँ मुन्नीबाई काम-धन्धे से फुरसत ही नहीं मिलती आजकल। ये हमारे अजीज दोस्त और मेहमान मुजरा देखना चाहते हैं। और तुम जानो कि इस बोरवाड़ी में तुमसे अच्छी अदाकारा हमने नहीं देखी-सुनी। अपनी लड़की को जो रियाज तुमने कराया है उसे कोई कैसे भूल सकता है?''

''हुजूर की जर्रानवाजी का मैं कैसे शुक्रिया अदा करूँ?'' बड़े नाजो अन्दाज से मुन्नीबाई ने एक बार फिर आदाब किया। छालिया काटते-काटते उन्होंने सरौता चमचमाते पानदान पर रख दिया। अपनी बेबसी का इजहार करते हुए

कहने लगी, ''पर आजकल इस सबका क्या मतलब रह गया है मालिक? इस मुए सनीमा ने तो हम सब को चौपट कर दिया। कला और अदाकारी तो धूल में मिल गई। लोग अब कैबरे का अधनंगापन पसन्द करते हैं। हम लोग यह सब कैसे कर सकते हैं हुजूर? कहाँ हमारा मणिपुरी, कत्थक, ओडिसी, कथकली और कहाँ यह निगोड़ा कैबरा?'' उसने घृणा से अपने खूबसूरत लाल और पतले ओठ सिकोड़ लिये। गहरी साँस और उदासी ने उसके चेहरे को ढक लिया।

कमरे की सजावट सुरुचिपूर्ण और कलात्मक थी। गावतकिए की सफेदी सोफा-सेट की रंग-बिरंगी चमक से होड़ ले रही थी। भीतर जानेवाले दरवाजे के परदे पर काँच की सलाखों और मोतियोंवाली झालर पर मोर नाच रहे थे। दीवारों पर दो-तीन सुन्दरियों की पेंटिंग टँगी थीं। शायद वे इसी कोठे की पूर्ववर्ती हसीनाओं की थीं। कोठे पर पान-तम्बाकू का अत्यधिक उपयोग होने पर भी दीवारें, फर्श, तकिए आदि पर उनके दाग न थे। झमाझम चमक रही पीकदानी, पानदान और ऐश ट्रे मुन्नीबाई की सफाई पसन्दगी के गवाह थे। एक छोटे टेबुल पर पत्र-पत्रिकाएँ भी करीने से सजी थीं।

इसी समय एक युवती ने अन्दर जानेवाले कमरे का परदा हटाकर प्रवेश किया। मुस्कान उसके पतले लाल ओठों और हिरनी-सी चंचल आँखों में नाच रही थी। रंग साँवला होते हुए भी, नाक-नक्श तीखे, कटावदार आकर्षण लिये थे। न दिखनेवाले हलके मेकअप ने उसके सौन्दर्य में चार चाँद लगा दिये थे। नेल पॉलिश से रंगी पतली उँगलियाँ जूही की कलियों-सी आकर्षक थीं। उन्हें उठाकर बड़ी अदा से भौंहें नचाते हुए जब मीठे स्वर में उसने 'आदाब' किया तो मैं अभिभूत हो उठा। पहली बार अहसास हुआ कि साँवला सलोना नमकीन सौन्दर्य भी कितना दिलकश और चित्ताकर्षक होता है।

''यह आपकी बेटी... ?'' मैंने पूछा।

मुन्नीबाई मुस्करा उठीं। अपनी बेटी के प्रभाव ने उनके सीने में गर्व का उभार पैदा कर दिया। हँसते हुए उन्होंने कहा, ''हुजूर! कोठे की हर लड़की हमारी बेटी ही होती है। ये लड़कियाँ कोखजाई बेटियों से भी जियादा वफादार, ईमानदार और प्रेमल होती हैं।'' स्वाभिमान उसकी आँखों से छलका पड़ रहा था।

''आओ बेटी बैठो।'' इशारे के साथ ही वह रूपसी अपनी माँ के पास आ बैठी। उसके बैठने की शैली में भी एक कलात्मक गति थी।

बात आगे बढ़ाते हुए मुन्नीबाई ने कहा, ''हुजूर जानते हैं कि मुजरे के लिए पहले से खबर मिल जाती तो हम तैयारी कर लेते। साजिन्दों का इन्तजाम...फिर बेटी को उसके लिए तैयार करना... हुजूर तो इस सबसे वाकिफ ही हैं? इतने कम समय में कैसे क्या हो सकता है?'' मुन्नीबाई की परेशानी और बेबसी उनके खूबसूरत चेहरे से झाँकने लगीं।

चन्दू भाई की प्रश्नात्मक दृष्टि मुझे घूरने लगी। मैं कुछ कहूँ इसके पहले ही मुन्नीबाई ने समाधान प्रस्तुत कर दिया, ''हुजूर, अगर हुक्म दें तो कल ऐसा मुजरा पेश करूँ कि आपका और आपके अजीज मेहमान का दिल बाग-बाग हो जाए? हमारे खानदान की लड़की ने कभी मुगल शहजादे के सामने जो चीज पेश की थी; वही उसी माहौल में एक बार फिर पेश की जा सकती है। खाली हुजूर के इशारे भर की देर है। सारी बोरवाड़ी में यह चीज सिर्फ हम ही पेश कर सकते हैं। मैंने अपनी बेटी को जो रियाज कराया है, जो तैयारी उसने की है, उसके कद्रदां की हमें तलाश है।'' वह बड़े प्रेम और गर्व के साथ अपनी सौन्दर्यशालिनी बेटी की पीठ सहलाने लगी।

चन्दू भाई भी चमत्कृत हो गए। उन्होंने तपाक से उत्तर दिया, ''हम तैयार हैं मुन्नीबाई। आप खर्च की परवाह न करें। पर मुजरा ऐसा पेश करें कि हमें आप पर नाज हो। कार्यक्रम कहाँ रखेंगी?''

''हुजूर! यहाँ से थोड़ी दूर तकरीबन दस किलोमीटर पर करारा गाँव है। उतावली नदी पर बनी बारादरियों पर साजिन्दों के साथ हम रस बरसाएँगे। और कल पूरे चाँद की रात भी है। आपके हुजूर में वह मुजरा रखूँगी कि आप और आपके मेहमान भी ताजिन्दगी याद रखेंगे।'' गर्व उसकी आँखों में छलका पड़ रहा था। और उसकी नाजनीन बेटी सिर नीचा किये अपनी बड़ी-बड़ी पलकों में मन्द-मन्द मुस्करा रही थी।

कार्यक्रम का निश्चय हो जाने पर जब हम उठने लगे, चाँदी की तश्तरी में उस रसवन्ती ने रसीले बीड़े पेश किए। बदले में चन्दू भाई ने तश्तरी को नोटों से भर दिया, और उसने तीन बार गर्दन झुकाकर जो आदाब किया वह गजब का था।

जिस समय हम करारा गाँव पहुँचे पूर्णिमा का चाँद आसमान की नीली पहाड़ियों के पीछे से झाँकने लगा था। फिजाँ मैं शरद ऋतु की ठंड घुल गई थी। चन्द्रमा

की संगमरमरी किरणों ने उतावली के दोनों किनारों पर बनी बारादरियों को नहलाना शुरू कर दिया था। बारादरियाँ एक सफील से जुड़ी हुई थीं। ऐसा लगा मानो वह सफील कंचुकी बनकर उतावली के उद्‌दाम यौवन को बाँधने की असफल कोशिश कर रही हो। उसके दोनों ओर और नीचे से कंचन-सा पानी कल...कल...कल...कर बह रहा था। साजिंदों द्वारा सितार, सरोद, सारंगी, तबला आदि के मिलाने के स्वर वातावरण में रस घोल रहे थे। सफील के एक ओर मुन्नीबाई के नौकरों ने चाँदी से धुले गावतकिए, जाजम आदि बिछा रखे थे; जिनकी सफेदी चाँदनी से होड़ ले रही थी। बीच में काफी जगह शायद नृत्याँगना के लिए छोड़ दी गई थी। और वहीं पास में अपने चिरसंगी चमचमाते पानदान और सरौते से छालियाँ काटते हुए मुन्नीबाई बैठी थी। वातावरण बड़ा मनोरम, मनभावन और लुभावना हो गया था।

"आइए हुजूर आइए तशरीफ रखिए!" मुन्नीबाई ने हमारा स्वागत किया। आज उनके श्रृंगार का क्या कहना! बड़ी-बड़ी पलकों की कोरों को काजल की रेखाओं ने अधिक तीखा और नुकीला बना दिया था। वे मछली के समान चंचला लग रही थीं। बालों के जूड़े में पिरोए मोगरा के फूलों की कलियों को वेणी घन में बिजुरी का आभास दे रही थी। नाखूनों की नेल पॉलिश, हाथों की मेहन्दी और शरीर से फूट रही हिना की मादक सुरभि ने उनकी उमर के दस-पन्द्रह वर्ष कम कर दिये थे। उनकी गोरी कमर की त्रिवलि कालिदास की नायिकाओं का स्मरण करा रही थी।

और उसकी बेटी! वह तो गजब ही ढा रही थी। मोती पिरोए बालों पर तिरछी मखमली टोपी बड़ी फब रही थी। आँखों की सुरमई चंचलता हिरणी को भी मात कर गई। भड़कीले अंगरखे पर पहनी सोने-चाँदी के तारों के फूलवाली जाकिट से उसके वक्षस्थल का उभार मचलकर उफना पड़ रहा था। और चुस्त पाजामे ने हमें मुगलिया माहौल में ला दिया। बड़ी अदा के साथ उसने मेहँदी रँगी उँगलियों को मोड़ देकर सिर को हलकी-सी जुम्बिश दे धीरे से हमें 'आदाब' कहा, और अपनी पलकों को ऊपर उठाया। हम अभिभूत हो उठे।

चतुरा मुन्नीबाई ने हमारी मन:स्थिति को ताड़ लिया। उस गर्वीली ने बात आगे बढ़ाई, "हुजूर! करारा की इस प्राकृतिक खूबसूरती से प्रभावित होकर ही खानदेश की फारूकी सुलतानों ने इसे अपनी आनन्दगाह बनाया था। सौ गज

लम्बी दीवार बना कर उन्होंने इस पहाड़ी नदी को जल-प्रपात में बदल दिया।'' जिस सफील पर हम बैठे थे उसके पीछे की ओर उतावली का पानी दीवार पर जल प्रपात बन गिर रहा था। ऐसा लग रहा था मानो पानी नहीं चाँदनी प्रपात बन कर झर रही हो।

''हाँ, मुन्नीबाई हमने भी 'बादशाहनामा' और 'शाहजहाँनामा' में इस जगह की तारीफ पड़ी है। उन्होंने इस जगह की तुलना जिन्दगी के अमृत से की है। इसे खानदेश की काश्मीरवादी कहा है।'' हमने ताईद करना चाहा।

''हुजूर इतना तो मैं नहीं जानती। पढ़ी-लिखी तो हूँ नहीं। पर हुजूर खुद यहाँ की खूबसूरती का जायजा ले सकते हैं। इस जगह में चार चाँद लगाने का काम शाहजादा खुर्रम ने किया। ये ही आगे चलकर बादशाह शाहजहाँ के नाम से प्रसिद्ध हुए थे, और आगरा में ताजमहल बनवाकर अपने और बेगम मुमताज के प्यार को अमर कर गए। परन्तु... ।'' वह कुछ क्षण के लिए रुक गई। मानो किसी रहस्य पर से परदा उठाने में झिझक रही हो। अचानक शब्द तोड़ देने की उसकी चुप्पी ने मुझे बेचैन कर दिया।

इसी समय सुमधुर कंठ-स्वर सुनाई दिया।

''अम्मी! मैं और साजिन्दे तैयार हैं। यदि हुक्म हो तो शुरू करें?'' उतावली की तरह मुन्नीबाई की बेटी भी अपना मुजरा पेश करने के लिए उतावली हो रही थी।

''हाँ-हाँ बेटा शुरू करो। इसीलिए तो हम आए हैं।'' मुन्नी बाई ने स्वीकृति देते हुए कहा।

एक रहस्य पर से परदा उठते-उठते रह गया। मेरा उत्सुक मन अवसर की तलाश में था।

सितार की स्वर-लहरी में सारा वातावरण घुल गया। सारंगी भी रस वर्षण करने लगी। तबले, ढोलक और हारमोनियम की संगत पर उस रूप सुन्दरी नवयौवन के महावर लगे, घुँघरुओं में कैद पाँव थिरक उठे। बड़ी कुशलता और तन्मयता से उसका अंग-अंग नर्तन करने लगा। और प्रत्येक हाव-भाव के साथ उसकी भौंहों, पलकों और नयनों के नर्तन ने मुझे स्तब्ध कर दिया। शरीर के प्रत्येक अंग पर उसका अद्वितीय नियंत्रण था। वह जिस अंग को चाहती थी वही नृत्य करता था। और उचित भावों को अभिव्यक्त कर देता था। नृत्य के साथ

मुन्नीबाई के मधुर कंठ की स्वर-लहरी ने गजब का समाँ बाँधा। यह जीवन्त मुजरा बड़ा ही कलात्मक, हृदयग्राही और मनभावन था। कत्थक के माध्यम से जब बेटी ने वन्दना, थाट, आमद, परन, तिहाई, टुकड़े और तत्कार प्रस्तुत किया तो उसकी झंकार से हमारे दिल बाग-बाग हो उठे। उसके बाद उन्होंने राधा-कृष्ण की प्रणय कथा प्रस्तुत की।

और इस सब पर गजब ढा रही थी मधुर चाँदनी। आसमानी नीली पहाड़ियों को चाँद काफी पीछे छोड़ आया था। अब वह आकाश में स्वच्छंद तैर रहा था। कपासी बादल उससे आँख-मिचौनी खेल रहे थे। कत्थक के उस प्रणय रूप ने समय को थाम लिया। कितनी रात खिसक गई हमें पता ही न चला। और जब तबले की थाप, और अन्य वाद्यों की सम पर उसके घुँघरू थमे तो हमें होश आया। बरबस हमारे हाथों ने तालियाँ बजा उसकी कला का स्वागत किया। उस सुनयना ने थोड़ा झुककर तीन बार सलाम करते हुए हमारी दाद को कबूल किया। अपनी बेटी की सफलता पर मुन्नीबाई का सारा शरीर सगर्व हँस रहा था। उसकी बेटी के रियाज को सच्चे कद्रदां जो मिले थे। और जब चाँदी की तश्तरी में उसने बीड़े पेश किए तो हम सबने उसे नोटों से भर दिया। मुन्नीबाई और उसकी बेटी ने पुनः आदाब किया।

''अम्मी! मैं अभी कपड़े बदलकर आती हूँ।'' सुरीले बैन फूट पड़े।

''हाँ बेटी जल्द आना।'' मुन्नीबाई की अजीज बेटी हौले से मराली के समान गिन-गिनकर कदम-ब-कदम सामने की बारादरी के अँधेरे में खो गई।

''हुजूर! अब हम आपके सामने वह चीज पेश करेंगे जो हमारी खासियत है। जिसके बल पर हमारे खानदान की एक लड़की ने एक शहजादे का दिल जीता था।'' मुन्नीबाई ने पुनः रहस्य का जाल फेंका।

''मुन्नीबाई कल से आप अपने खानदान की उस रहस्यमयी सुन्दरी का जिक्र कर रही हैं; जिसने मुगल शहजादे को अपनी कला और सौन्दर्य का गुलाम बनाया था। शायद उसी के लिए आप हमें यहाँ लाई भी हैं? यहाँ आकर हम आपके, आपकी बेटी और आप लोगों के जरिए, उस अनाम, अनजान हसीना के प्रभाव का अनुभव कर रहे हैं। कौन है वह सुन्दरी, कौन है वह शहजादा, जिसने उसका गुलाम बनने में अपने को खुशकिस्मत समझा था?'' बड़ी बेचैनी से मैंने पूछा।

"मालिक! कभी-कभी जिन्दगी की सच्चाइयाँ कहानी और किस्सागोई से भी अधिक अजीब और औपन्यासिक होती हैं। हुजूर! जहाँ हम बैठे हैं, इस उतावली के दोनों ओर बनी बारादरियाँ उनके प्रेम की गवाह हैं।" नदी के दोनों ओर बनी बारादरियों की ओर उसने अपनी चम्पाकली-सी तर्जनी से इशारा किया। चाँदनी में नहा रही बारादरियाँ बड़ी आकर्षक लग रही थीं। और उतावली के जल-प्रपात ने उनके सौन्दर्य में वृद्धि ही की थी। एक रोमांटिक वातावरण की सृष्टि हो गई थी। हवा मन्द, मदिर, मनभावन थी। पहेलियाँ बुझाने वाली मुन्नीबाई बतकही ने उसके खानदान की उस रहस्यमयी के रहस्य को और अधिक गहराया ही था।

एक शरारत भरी मुस्कान उसके रंगीन ओठों, और कजरारे नयनों में खेलने लगी। अपनी सुराहीदार गर्दन को थोड़ा तिरछा करते हुए उसने बड़ी अदा से एक प्रश्न हमारी ओर उछाला, "हुजूर, आपने ताजमहल देखा है?"

मैं समझा नहीं। आखिर ताजमहल का इन बारादरियों से क्या सम्बन्ध? मैं हड़बड़ा उठा, "मुन्नीबाई मुगल बादशाह शाहजहाँ, उनकी चहेती बेगम मुमताज...ये बारादरियाँ...आपके खानदान की वो अनाम दिलकश तवायफ...आखिर ये सब क्या गुत्थियाँ हैं? इतिहास की रहस्यात्मक भूल-भुलैया में हमें आप क्यूँ भटका रही हैं?" मेरी व्यथा फूट पड़ी।

"मनुष्य के मन में न जाने कितनी परतें हैं हुजूर। क्या कोई उनके पार झाँककर उन्हें समझ भी पाया है?" वह न जाने किन गहराइयों में खो गईं? मैं हैरान था। और वह थीं कि मानव मन की परतों के गुप्त अँधियारों को उजागर करना चाह रही थीं। बात को और अधिक उलझाकर पेचदार बना रही थीं। गुस्सा तो मुझे बहुत आ रहा था। पर मैं बेबस था। मुझे लगने लगा कि सुन्दर तवायफें सभी बातों में कितनी पारंगत होती हैं। न केवल हाव-भाव, चाल-ढाल, नृत्य-संगीत और नाज-नखरा वरन् बात करने का उनका लहजा भी कितना रसमय और दिलचस्प होता है।

"मन क्या कभी एक जगह अधिक समय तक बँधा रह सका है? तितली-सा चंचल यह दिल क्या रंग-बिरंगे फूलों की मोहकता पर मँडराता नहीं? उस शहजादे के साथ भी यही हुआ। और फिर वह पला-बढ़ा भी तो एक रंगीन माहौल में ही था। आप जानें हुजूर मुगल हरम तो एक बड़ा परिस्तान ही था।

हसीन दिलकश बेगमों, कनीजों, रखैलों, बाँदियों का तो वहाँ मेला ही जुड़ा रहता था। बादशाह हुजूर अकबर क्या कम रसिक थे! उनका मीना बाजार, और फतेहपुर सीकरी में कमसिन नाजनीनों को मुहरा बनाकर उनका अपनी चहेती बेगमात के साथ चौसर खेलना, महल में होली पर फाग खेलते हुए गुलाबी गालों पर रंग-गुलाल मलते हुए उन्हें और और लाल कर देना, रूपसियों का रसरंग और लाज से दुहरा-दुहरा हो जाना, यह क्या कम था? इस रस पगे वातावरण में यदि शहजादा भी प्रेम का खेल अपने जीवन के पहले चरण में ही खेलने लगे तो क्या आश्चर्य?'' बात कहने का मुन्नीबाई का ढंग बड़ा लाजवाब था।

''उस माहौल में तो महल के गलियारों में सलीम-अनारकली और बाद में जहाँगीर-नूरजहाँ का प्रेम परवान चढ़ा था। अपनी उमर के चढ़ाव में सम्राट जहाँगीर ने तो बेगम नूरजहाँ के हाथों न केवल अपने को, वरन् सारे हिन्दोस्तान की सल्तनत को ही सौंप दिया था।

''ऐसे माहौल से प्रभावित शहजादा खुर्रम ने यदि मुमताज को छोड़ किसी और हसीना से भी प्यार किया तो वह गुनाह कैसे बन गया? और उसके गुनाह की सजा उस मासूम को ही क्यूँ भुगतना पड़ी? क्या कुटिल राजनीति के सामने दिलों का कोई महत्त्व नहीं? उस गन्दी राजनीति का शिकार उस अकेली को क्यूँ बनाया गया?'' वह हम सबसे प्रश्न कर रही थीं।

ऐसा लगा कि मुन्नीबाई उस प्रेम की साक्षी उतावली पर जमी काई की परतों के नीचे छिपे इतिहास को उजागर करने लगी थीं। काई फट गई, और मुगल इतिहास के अलिखित पृष्ठ खुलने लगे।

जीवन की ढलती संध्या में व्यक्ति के पास यादों के इतिहास की निधि ही तो शेष रह जाती है। और तब फुरसत के उन क्षणों में वह अपनी पिछली जिन्दगी के व्यापार का लेखा-जोखा करने लगता है। वह यह जानने का प्रयत्न करता है कि उसने इस जीवन व्यापार में कितना खोया? कितना घाटा उठाया है? पर क्या जीवन लाभ-हानि की गणित पर ही चलता है?

आगरा का लाल किला। मुसम्मन बुर्ज में कैद बादशाह शाहजहाँ टकटकी लगाए हुए ताज में सोई अपनी प्रिया को ढूँढ़ रहा था। और मुमताज थी कि धुँधलाकर रह जाती थी। यादों के साए प्रेत बन कर उसके दिल और दिमाग पर

मँडराने लगे। जिन्दगी की घटनाएँ तसवीर बनकर उभर-उभर कर आ रही थीं। जिस बेगम मुमताज के लिए एक शानदार मकबरा बनाया गया था क्या वह उसके प्रति ईमानदार था? क्या किसी अन्य नारी ने उसके मन और मस्तिष्क पर छाई मुमताज को, थोड़े समय के लिए ही सही, क्या हटा नहीं दिया था? क्या उस नारी को इतनी सरलता से भूला जा सकता है?

तभी ताज की बुर्जियों को तोड़ कर और जमना की लहरों को चीरकर वह उसके सामने आ खड़ी हुई। बड़ी नफासत से अपनी कली-सी उँगलियों को जोड़कर उसने हौले से कहा, ''हुजूर को बाँदी आदाब बजा लाती है।''

शाहजहाँ सकपका गया। आँखें मलकर उसने पुनः देखा। सामने खड़ी हसीन गुलारा मुस्करा रही थी। कहीं यह ख्वाब तो नहीं है? उसने पूछा, ''अरे, गुलारा तुम?''

''हाँ हुजूर! मैं ही हूँ आपकी बाँदी बुरहानपुर की गुलारा। मेरी आत्मा सुखी न हो सकी जहाँपनाह इसीलिए मैं आपकी सेवा में हाजिर हुई हूँ।'' उसने कहा।

''गुलारा हम समझते थे कि हम तुम्हें भूल चुके हैं। पर क्या कोई अपने पुराने दिनों का साथ देनेवालों को भूल सकता है? महज यह एक खामखयाली थी। तुमको हम चाहकर भी न भूल सके।'' शाहजहाँ ने अपनी वेदना को स्पष्ट करना चाहा।

''वो दिन कितने दिलकश थे जहाँपनाह! जब पहली बार मुझे आपका बुलावा आया तो मैं सिहर उठी थी।'' गुलारा ने कुरेदा। और शाहजहाँ को वह उसकी जवानी के दिनों में खींच ले गई। सम्राट उठ बैठा। जमना के उस पार का ताज और उसमें सोई मुमताज अब पूरी तरह से अतीत के परदों में खो गए।

''हाँ गुलारा शायद हम दोनों की तकदीर ही हमें उस साल बुरहानपुर खींच लाई थी। न अहमदनगर का दरिंदा मलिक अम्बर मुगलों का विरोध करने की हिमाकत करता, न अब्बा हुजूर जहाँगीर हमें मुगल सेना की कमान देते, न हम बुरहानपुर पहुँच पाते।'' शाहजहाँ अपनी जवानी दुहराने लगा।

सन् 1611 का साल। आगरा के लाल किले के महलसरा में सम्राट जहाँगीर आकुल-व्याकुल चहलकदमी कर रहा था। अहमदनगर के विरुद्ध चल रही लड़ाई में मुगल सेनाओं की प्रगति रुकी हुई थी। मलिक अम्बर और उसके

छापामार मराठा गुरिल्लों ने मुगलों की नाक में दम कर रखा था। सम्राट के अजीज दोस्त अब्दुर रहीम खान-ए-खाना को मुँह की खानी पड़ी थी। उसकी असफलता ने जहाँगीर को परेशान कर दिया।

''आप इतने चिन्तित क्यूँ हैं आलीजाह?'' बेगम नूरजहाँ ने अपनी खूबसूरत पेशानी पर बल डालते हुए पूछा।

''बेगम! अहमदनगर का दरिंदा मलिक अम्बर किसी भी प्रकार से हमारे काबू में नहीं आ रहा है।'' हुस्न की मलिका नूरजहाँ को देखते ही बादशाह के चेहरे का तनाव ढीला पड़ गया। ओठ मुस्करा उठे, ''मुगलों की सारी ताकत हमने उसके खिलाफ लगाना तय कर लिया है। न होगा तो हम खुद दखन के लिए कूच करेंगे।'' सम्राट जैसे एक निश्चय पर पहुँच गया।

''एक चींटी को मसलने के लिए हुजूर एक गजराज का इस्तेमाल करना चाहते हैं? नहीं-नहीं जहाँपनाह। हम इसकी राय आपको नहीं दे सकतीं। जब तक शहजादा खुर्रम आपके हुजूर की खिदमत में है तब तक आपको हम कैसे तकलीफ उठाने दे सकते हैं?'' इसरार करते हुए नूरजहाँ ने मुगल शतरंज पर एक चाल चल दी। अपने चहेते भाई आसफ खाँ के दामाद और जहाँगीर के दूसरे बेटे शहजादा खुर्रम को वह आगे लाना चाहती थी। नूरजहाँ, आसफ खाँ और खुर्रम ने अन्य शहजादों और प्रभावशाली व्यक्तियों के खिलाफ अपना एक त्रिगुट जो बना रखा था। जिसका उद्देश्य बादशाह और सत्ता को अपने नियंत्रण में बनाए रखना था। और इस सुनहरी मौके को उसने हाथ से न जाने दिया।

''तुम बजा फर्मा रही हो बेगम! हम न केवल तुम्हारी खूबसूरती वरन् हर बात और काम को सही समय पर करने की इसी अदा के तो कायल हैं।'' जहाँगीर भावुक हो उठा।

''शाह खुर्रम की हौसला अफजाई के लिए हम लोग मांडू तक चलें। इससे सल्तनत के उस सूबे की सैर और जाँच भी हो जाएगी, और दखन के मामलों पर निगाह भी बनी रहेगी। हम 'शबे मालवा' का आनन्द भी उठा सकेंगे।'' नूरजहाँ ने शोखी से सुझाया।

''क्या बात है! तुम्हारी जितनी तारीफ की जाए कम है बेगम। तुमने तो खुर्रम को शाह का खिताब प्रदान कर दिया। हमें यह भी मंजूर है। आज से खुर्रम को शाह खुर्रम कहा जाएगा। तुम्हारा कहना सही है नजदीक रहने से हमारे बेटे

सुल्तान शाह खुर्रम का हौसला भी बुलन्द रहेगा और... ।'' जहाँगीर सपनों में खो गया...''रूपमती और बाजबहादुर के बाद मांडू में एक और मुहब्बत की दास्तान दुहराई जाएगी। हम बनेंगे बाज और तुम बनोगी रूप... ।'' अधेड़ जहाँगीर शैतानी से मुस्कराया। और उसने नूरजहाँ की सुन्दर ठुड्डी को अपनी दो उँगलियों से ऊँचा किया। बेगम के सारे शरीर में पुलक भरी सिहरन दौड़ गई। और भावुक उत्तेजना में उसकी सुन्दर पलकें बन्द हो गईं।

शाही फरमान जारी हो गया। एक बड़ी सेना के साथ सुल्तान शाह खुर्रम ने दखन के लिए कूच कर दिया। परन्तु शहजादे पर गुप्तचर नियुक्त कर दिये गए। जिनका काम उसकी हर गतिविधि पर दृष्टि रखना था। सम्राट जहाँगीर भी अपनी चहेती बेगम नूरजहाँ, साले आसफ खाँ, खुर्रम की बेगम अर्जुमन्द बानू और हरम की अन्य सुन्दरियों के साथ मांडू के लिए आगरा से रवाना हो गया। साथ में अनेक अमीर-उमरा, मनसबदार, सैनिक-सेनापति और उनके हरम भी थे। सेवकों, दास-दासियों, बाँदियों, गुप्तचरों और नौकर-चाकरों की तो गिनती ही न थी। मनोरंजन करनेवाले भांड-मिरासी, वेश्याओं और नर्तकियों की भीड़ अलग से साथ चल रही थी। मुगल दरबार जहाँ पड़ाव डालता एक नया शहर बस जाता था। बाजार लग जाते थे। खरीद-फरोख्त, सौदा-सुलफ, लेन-देन के शोर से वह शहर गरम रहता था। नाच-गाने की महफिलें सज जाती थीं। साकी और शराब के दौर चलने लगते थे। और गरीब-गुरबे, भिखारी शाही बावर्चीखाने के आस-पास मक्खियों की मानिन्द जूठन के टुकड़ों के लिए भिनभिनाया करते थे। बेगमात को छोलदारियों के आस-पास ख्वाजा सरा नंगी तलवारें लिये घूम-घूमकर खौफ पैदा करती थीं। शाही कारवाँ के गुजर जाने के बाद भी लोग कुछ खोज कर पा लेने की लालच में चील-कौओं की तरह उस जगह पर मँडराया करते थे।

शाही लश्कर बड़े आराम से, रास्ते में शिकार, जल-विहार, वन-विहार, शराब और साकियों का आनन्द उठाते हुए अजमेर, उज्जैन होते मांडू के लिए कूच कर गया। बादशाह, मुगल हरम और दरबार के मांडू पहुँचने के पहले ही शहजादा शाह खुर्रम दखन के पहले पड़ाव, बुरहानपुर जा पहुँचा।

''आगरा से रवाना होने के बाद सीधे मैं तुम्हारे शहर बुरहानपुर आया था। मैं

जल्द से जल्द अहमदनगर पहुँचना चाहता था। मैं कुछ कर गुजरने के लिए उतावला था। पर मुझे क्या मालूम था कि तकदीर ने तुम्हें मेरे लिए बुरहानपुर में बिठा रखा है।'' शाहजहाँ ने मनोविनोद करते हुए गुलारा को छेड़ा।

''मुझे ही क्या मालूम था कि मेरे सरताज आ रहे हैं।'' गुलारा ने शर्म से आँखें झुका लीं। फिर धीरे से मुस्कराती पलकों के साथ उसने फिर बात पकड़ ली, ''मुगल सैनिक छावनी ने तो लाल बाग में, आपके हुक्म से पड़ाव डाला था। और आप ताप्ती किनारे तिमंजिले शाही महल में ठहर गए थे। मालूम है आपके और मुगल सेना के आ जाने से हमारे शहर बुरहानपुर की रौनक कितनी बढ़ गई थी? चौक बाजार तो अपने पूरे शबाब में रहने लगा था। सैनिकों और व्यापारियों से गली-मुहल्ले और बाजार भरे रहते थे। शहर में चहल-पहल बढ़ गई थी। वह गुलजार रहने लगा था। और हमारी बोरवाड़ी की रातें तो और भी रंगीन हो उठी थीं। जानते हैं कोठों से आनेवाले गीत-संगीत और घुँघरुओं की रुनझुन पर कई दिल मचल-मचल उठते थे।'' गुलारा ने इठलाते हुए कहा।

''हाँ गुलारा तुम बजा फरमाती हो। पर हमें फुरसत कहाँ थी तुम्हारी बोरवाड़ी की तरफ झाँकने की? हम दिन भर काम में मशगूल रहते थे। अहमदनगर और दखन के शहरों में फैले हमारे मुगल गुप्तचर रोज हमें नई खबरें दे जाते थे। नए हमलों की योजनाएँ बनाने हेतु घंटों सलाह-मशवरे बहस-मुबाहसे चला करते थे। हमें बादशाह और बेगम नूरजहाँ पर भी निगाह रखनी पड़ती थी। अपने दुश्मनों से चौकस रहना पड़ता था। तुम जानती हो शाही हरम के षड्यंत्र कितने खतरनाक होते हैं। आज तुम सम्राट की निगाह में हो, नाक के बाल बने हो, और कल जेल में सड़ रहे हो।'' शाहजहाँ ने एक गहरी साँस ली।

''हाँ हुजूर! बादशाह भी तो निरंकुश होते हैं। फर्क इतना ही रहता है कि उनकी औलाद भी उनके शकीले स्वभाव से परे नहीं रहती।'' गुलारा ने भी एक गहरी साँस ली।

''तुम ठीक कह रही हो गुलारा। बादशाह बनने के बाद हमें भी यही कड़ुवा अनुभव हुआ। खैर! छोड़ो उस चर्चा को। हाँ तो हमारा दिन तो सैनिक और राजनीतिक कार्यवाहियों में अच्छी तरह से गुजर जाता था। पर साँझ होते ही जब हम शाही महल वापस लौटते तो वहाँ का अकेलापन हमें खाने दौड़ता था। सुल्तान शाह खुर्रम जिसके एक इशारे पर सब कुछ हो सकता था, उन तनहाइयों

से घबरा-घबरा उठता था।'' शाहजहाँ ने गुलारा की नाजुक कलाई थाम ली। मानो अभी भी वह उस जानलेवा सूनेपन के जाले से बचना चाहता हो।

''जानती हो बेगम अर्जुमन्द्र बानो गर्भवती होने से हमारे साथ न आ पाई थीं। वे मांडू में अपने अब्बा आसफ खाँ और हमारे अब्बा हुजूर सम्राट जहाँगीर और नूरजहाँ बेगम की निगहबानी में थीं। हमारा रसिक मन किसी सुन्दरी के सहवास के लिए तड़प-तड़प उठता था। आज भी वही तड़पन हमें परेशान किए हुए है।'' शाहजहाँ ने एक दर्दीली उदास निगाह जमना पार के ताज की ओर फेंकी!

गुलारा चुप थी।

''तभी हमने तुम्हारे हुस्नो जमाल की चर्चा सुनी। और तब हमने तुम्हें अपने पास, महलसरा में बुलवाने का निर्णय ले लिया।''

''हाँ हुजूर! आपका आदेश लेकर जब हरकारा हमारे कोठे पर पहुँचा तो मेरी अम्मीजान खुशी से झूम उठीं। उन्होंने मुझे अपने सीने से लगा लिया। अनेक बार बलाएँ लीं। सारी बोरवाड़ी में सन्नाटा खिंच गया। किसी को भी उम्मीद न थी कि बोरवाड़ी के कोठे की एक साधारण, नाचीज वेश्यापुत्री पर मुगल शाहजादे की नजरे इनायत हो सकती हैं। और...और...हुजूर...म...मैं...मुझे लगा जैसे मेरे दिल की धड़कन ही बन्द हो गई।'' घबराहट में अभी भी उसकी पलकें झपक गईं। और उसने घबराकर अपने सीने पर हाथ रख लिया। वह सुखद सपनों में खो गई।

''जानते हैं हुजूर! उस दिन अम्माँ ने खुद अपने हाथों से मेरा सिंगार किया था। दूध, उबटन और हिना के इत्र से मल-मल कर मुझे नहलाया था। और मेरे बालों में अपने हाथों मोती पिरोए थे। पाँवों में महावर, हाथों में मेहन्दी। न जाने क्या-क्या किया था अम्मी जान ने? और दुल्हन की तरह सजकर जब मैं आईने के सामने खड़ी हुई तो खुद को न पहचान पाई थी। अपनी ही मोहिनी पर मुग्ध हो उठी थी। और अम्माँ ने 'मेरी बेटी को नजर न लग जाए', कहकर काजल का एक टीका भी लगा दिया था। और जब मैं पालकी में बैठ, मुगल सैनिक अंगरक्षकों से घिरी आपके महलसरा के लिए रवाना हुई तो मुहल्लेवालियों और उनके अपनों के दिलों पर साँप लोट गया था। सच! अम्मी ने मुझे बताया था।'' गुलारा की कजरारी आँखों से नटखटता झाँकने लगी।

"उस दिन तुम्हारी खूबसूरती, नाक-नक्श, और कद-काठी की मोहकता देखकर मैं दंग रह गया था।" शाहजहाँ अपना सारा दुख, बीमारी, कैद की यंत्रणा सभी कुछ भूलकर उठ बैठा। और उत्साह से अपने पिछले जीवन की जवानी की रंगीनियों में खो गया।

"सच कहूँ गुलारा उस दिन तुम मुझे मुमताज से भी ज्यादा हसीन लगी थीं। और गजल तथा नाज-नखरे के साथ जब तुमने मुजरा पेश किया तो मैं दंग रह गया था। जानती हो, मुझे क्या अनुभव हुआ था? उस दिन मुझे लगा कि नारी अपने आपमें एक नूर है। खुदा की इस धरती पर एक न्यामत है। अच्छे कपड़े और सिंगार तथा नाज-नखरा उसके प्रभाव को लाख गुना बढ़ा सकते हैं। प्रभावशाली बना सकते हैं। और तब मैंने निश्चित दृढ़ निर्णय ले लिया कि तुम्हारा स्थान बोरवाड़ी का कोठा नहीं शाह खुर्रम का हरम है। और उसके बाद हमारे आदेश के कारण तुम बोरवाड़ी न लौट सकी थीं। तुमने हमारी तनहाई के वो दिन रस से भर दिये थे। हम अहमदनगर, मलिक अम्बर, यहाँ तक कि बादशाह जहाँगीर के दंड के भय को भी भूल गए थे।" शाहजहाँ ने अपना मन खोलकर रख दिया।

गुलारा और खुर्रम के दिन प्रेम रस में डूबने लगे। शहजादा सैनिक और राजनीतिक गतिविधियों के प्रति लापरवाह हो गया। पूरे चाँद की रात में ताप्ती पर तैरनेवाले बजरे में गीत-संगीत और नृत्य की महफिलें सज उठीं। असीरगढ़ के किले की सैर और सतपुड़ा के उस जंगल में घोड़ों पर सवार दोनों प्रेमी शिकार में व्यस्त हो गए। शराब के प्यालों की खनखनाहट और साकी के घुँघरुओं की छुन...छुन...ने उसे मदहोश कर दिया। और गुलारा, मुगल शहजादे और भावी सम्राट को पाकर निहाल हो उठी। वह भूल गई कि वह एक कोठेवाली की बेटी स्वयं वेश्या है। हरम की बेगम का पद आकाश-कुसुम सिद्ध हो सकता है। परन्तु प्रेमियों ने कभी राह के रोड़ों की परवाह की है?

शहजादा खुर्रम और गुलारा भूल गए कि शासन की गुप्तचर रूपी एक तीसरी आँख भी होती है। यह तीसरी आँख खुर्रम-गुलारा की रंगरेलियों पर नजर रखे हुए थी। सारी खबरें मांडू में उसके ससुर, चालाक एवं चतुर आसफ खाँ तथा बेगम नूरजहाँ के पास ही रुक जाया करती थीं। बादशाह तक उन्हें पहुँचने

ही नहीं दिया जाता था। और कुछ खबरों की जानकारी तो नूरजहाँ को भी न मिल पाती थी। कारण आसफ खाँ ही तय करता था कि कौन-सी खबर किसे दी जाए। गुलारा-खुर्रम के विलास की सूचना भी ऐसी ही थी। आसफ खाँ ने गुलारा को खुर्रम के मार्ग से हटाने का निर्णय ले लिया क्योंकि इसी समय उसे चौंका देनेवाली सूचना मिली थी।

उस दिन गुलारा ने खुर्रम को चौंका देने का निश्चय कर लिया। उसने शहजादे के सामने प्रस्ताव रखा, ''हुजूर! ताप्ती और महल से भी ज्यादा खूबसूरत एक और जगह भी है। बुरहानपुर में वह काश्मीर की वादी है। यदि शहजादा हुजूर हुक्म दें तो पूनम की रात मैं उस स्थान पर एक ऐसा मुजरा हुजूर की खिदमत में पेश करूँ कि आप भी जीवन भर याद करें?''

खुर्रम वास्तव में आश्चर्यचकित हो उठा, ''क्या बुरहानपुर के पास कोई काश्मीर की वादियों से भी टक्कर लेनेवाली जगह है? हमें तो किसी ने इस बाबत बतलाया ही नहीं।''

''हुजूर! यहाँ से थोड़ी दूर पर करारा नामक गाँव है। वहाँ उतावली नदी पर बनी दीवार और सफील ने उसकी सुन्दरता को दोबाला कर दिया है। बाँध से गिरनेवाला झरने-सा पानी...। सच शहजादा हुजूर वहाँ का सौन्दर्य बयान के बाहर है। और आप जब मेरा खास नाच वहाँ देखेंगे तो दंग रह जाएँगे।'' गुलारा मचल-मचल गई।

खुर्रम के आदेश पर करारा में नाच-गाने की महफिल सज गई। गावतकिए के सहारे अधलेटा खुर्रम बढ़िया अँगूरी शराब की चुस्कियाँ ले रहा था। दूर पृष्ठभूमि में छिपे साजिन्दों द्वारा छोड़ी संगीत लहरी वातावरण में रस घोल रही थी। आसमान की पहाड़ियों में पूर्णिमा का चाँद लुका-छिपी खेल रहा था। सारा माहौल रस से सराबोर हो उठा था। दीवाल से जलप्रपात बन उतावली झर रही थी। और जिस सफील पर शहजादा अधलेटा था उसके नीचे से भी कल...कल... कल करता पानी हलके धीमे-धीमे शोर के साथ बहता चला रहा था।

ऐसे में ही जब मयूरी का वेश बनाए गुलारा घुँघरुओं को छमछमाती शहजादे के सामने आ खड़ी हुई तो खुर्रम को सहसा विश्वास ही नहीं हुआ कि उसकी गुलारा ही उसके सामने खड़ी है। बढ़िया बुरहानपुरी साड़ी को उसने खानदेशी

लांग की शैली में पहन रखा था। कमर में मोरपंख फैले हुए थे। सिर पर भी था मयूरपंखी मुकुट। ये सब उसकी सुन्दरता को दुगुना कर रहे थे। उभरे हुए नितम्बों ने कमर में फैले मोर पंखों को एक नया फैलाव दे दिया था। और इस सब पर उसका मयूरी श्रृंगार गजब ढा रहा था। मयूरी-सी सुराहीदार गर्दन मोती की लड़ियों से दमक रही थी। खुर्रम स्तब्ध रह गया। चतुर सुजान गुलारा शहजादे के घायल दिल की तड़पन को पहचान गई।

साजिन्दों की स्वर-लहरी पर जब गुलारा के घुँघरू थिरक उठे तो रात कब बीत गई खुर्रम को पता ही न चला। सारे समय शहजादे को ऐसा लगा कि उसके सामने गुलारा नहीं कोई मयूरी ही थिरक रही थी। गुलारा के मयूर-नृत्य ने उसे भाव-विभोर कर दिया। सम पर जब गुलारा के घुँघरू थमे तो दौड़कर उसने गुलारा को मसनद पर खींच लिया। तारीफ के लिए उसके पास शब्द न थे।

थोड़ी देर बाद खुर्रम के बैन फूट पड़े, ''ओह गुलारा! तुम इतनी बड़ी कलाकार हो, यह तो हमें आज ही मालूम हुआ। हम तो तुम्हें एक मामूली नर्तकी, तवायफ ही समझते थे। माँगों तुम क्या माँगती हो? आज तुम्हें कुछ भी अदेय नहीं है। नहीं-नहीं ठहरो...आज हम तुम्हें 'गुलारा महल' का खिताब अता करते हैं। अब तुम एक साधारण वेश्या नहीं रह गईं। हमारे हरम की रौनक हो। आज से तुम बेगम गुलारा महल कहलाओगी। और इस करारा गाँव का नाम तुम्हारे नाम पर महल गुलारा होगा। बोलो और क्या चाहिए?'' शहजादा खुर्रम अपने प्यार को बाँध पाने में स्वयं को असमर्थ पा रहा था।

''हुजूर ने इस नाचीज को जो इज्जत बख्शी है, उसकी कला की जो कद्र और हौसला अफजाई की है उसके पास शुक्रिया अदा करने के लिए शब्द नहीं हैं। फिर भी...।'' गुलारा एक क्षण रुकी उसके मन में एक कल्पना कौंध गई।

शब्द और बात तोड़ देने की गुलारा की अदा ने खुर्रम को बेचैन कर दिया। उसने गुलारा का बेताबी से हाथ पकड़ लिया, ''बोलो गुलारा महल, तुम और क्या चाहती हो? जो भी माँगोगी मिलेगा। हमारी जान भी हाजिर है।'' खुर्रम ने अपने सीने पर हाथ रख कर गर्दन झुका दी। उसने बात का धागा फिर पकड़ लिया, ''हम ज्यों-ज्यों तुम्हें जानने, समझने, पढ़ने की कोशिश करते हैं तुम्हारे नए-नए गुण और आयाम हमारे सामने खुलते चले जाते हैं। शर्माओ नहीं बोलो और क्या चाहिए?'' अपनी प्रिया को सभी कुछ देने के लिए शहजादा उतावला था।

''हुजूर! यह गाँव करारा मेरा अपना है। मैं उतावली के इन्हीं किनारों और धूल रेत में खेल-पलकर बड़ी हुई हूँ। यहाँ का कण-कण, हवा और फिजाँ मेरी साँस-साँस और रोम-रोम में समाए हैं।'' लजाते हुए गुलारा ने कहा, ''पर तकदीर ने, इस निगोड़ी खूबसूरती ने मुझे यहाँ से उठाकर बुरहानपुर की बोरवाड़ी के कोठे पर पहुँचा दिया। फिर भी इस गाँव से, इस उतावली से मेरा लगाव खत्म नहीं हो सका है। इसीलिए, हुजूर, चाहती हूँ...चाहती हूँ...।'' गुलारा अटक गई। और उसकी इस अदा ने शहजादे को और अधिक बेताब कर दिया।

''हाँ-हाँ बोलो और क्या चाहती हो अपने इस गाँव के लिए? इस उतावली के लिए? हुक्म करो।'' खुर्रम तो अपनी प्रिया के लिए सभी कुछ करना चाहता था।

''हुजूर जिस सफील पर मसनद लगाए आप बैठे हैं उसे और पीछे से जल-प्रपात के रूप में गिर रही उतावली ने इस जगह को खूबसूरत तो बनाया ही है। पर यदि उतावली के दोनों ओर मेरे और आपके नाम पर दो बारादरियाँ बन जाएँ, जिन्हें यह सफील जोड़ दे तो यहाँ का नजारा कितना हसीन और दिलकश हो उठेगा।'' गुलारा ने झिझकते-झेंपते हुए प्रस्ताव पेश कर ही दिया।

सारी कल्पना खुर्रम के सामने साकार हो उठी। वह खुशी से चिल्लाया, ''वाह गुलारा वाह! क्या कहने हैं तुम्हारी कल्पना के। तुमने अपने लिए कुछ न माँगते हुए इस उतावली और अपने गाँव की सुन्दरता के लिए सभी कुछ तो माँग लिया। हमें तुम्हारी बात सौ फीसदी मंजूर है। हम तुम्हारे लिए यहाँ ऐसी शानदार बारादरियाँ बनवाएँगे कि आनेवाली पीढ़ियाँ बुरहानपुर आने पर यहाँ जरूर आएँगी। ये बारादरियाँ तुम्हारे-हमारे प्रेम का जिन्दा सबूत होंगी।'' खुर्रम ने सभी कुछ कबूल कर लिया।

जब तक बारादरियाँ बनती रहीं गुलारा और खुर्रम दोनों महल गुलारा आते रहे।

मांडू के जहाज महल के पास एक कमरे में आसफ खाँ बेचैनी से चहलकदमी कर रहा था। चलते-चलते वह रुक जाता था। किसी चिन्ता में डूबकर कदम उठाना भूल जाता था। और फिर चल उठता था। मानो कोई बेचैन चीता अपने पिंजड़े में चक्कर लगा रहा हो। उसका अपना खास जासूस अब्दुल्ला जान, बड़े

अदब से, हाथ बाँधे, सिर झुकाए दूर खड़ा था। घबराई और डरी हुई निगाहों से वह कभी-कभी अपने मालिक को देख लिया करता था।

चहलकदमी करते हुए आसफ खाँ अचानक रुक गया, "हाँ तो उस नाचीज गलीज रक्कासा को शहजादा हुजूर ने गुलारा महल का खिताब अता किया? उसके नाम पर करारा गाँव का नाम बदल कर महल गुलारा कर दिया?" क्रोध से आसफ खाँ की आँखें छोटी हो गईं। नथुने फड़कने लगे। और अनजाने में उसका हाथ तलवार की मूठ पर चला गया। वह घूरकर अब्दुल्ला जान को देखने लगा।

अब्दुल्ला जान और भयभीत हो उठा। उसने धीमे से कहा, "यही नहीं हुजूर! शहजादा सलामत ने उन...उन गुलारा बेगम की इच्छानुसार, उतावली के दोनों ओर दो खूबसूरत बारादरियाँ बनवाना शुरू कर दिया है।"

"उफ! यह तो बड़ी ज्यादती है। यह क्या हिमाकत है? उस चींटी की यह हिम्मत कि पर निकलते ही उड़ने लगी? अब उसे मसलना ही पड़ेगा। कहीं बादशाह सलामत को खबर लग गई, तो शहजादे के भविष्य का क्या होगा? इसकी उन्होंने कल्पना भी की है? हम अपनी बहन बेगम नूरजहाँ को क्या मुँह दिखाएँगे? कुछ सोचा-विचारा भी है? सारे किए-कराए पर वे उस वेश्या की खातिर पानी फेरे दे रहे हैं। क्या इसी दिन के लिए अन्य शहजादों के हक-हकूक मारकर, जहाँपनाह की नजरों में उन्हें गिराकर शहजादा खुर्रम को आगे लाया गया था? मैं चाहता था कि वे वली अहद से बादशाह बनें। पर वे एक तवायफ के चक्कर में सब कुछ को धूल में मिलाए दे रहे हैं।" पीड़ा से आसफ खाँ का चेहरा काला पड़ गया। उसने मुट्ठियाँ भींच लीं और ओठ काटने लगा।

"कहाँ हमारी बेटी अर्जुमन्द बानो और कहाँ वह नाचने-गाने वाली पतुरिया? हँह, उसे बेगम गुलारा महल का खिताब दे दिया? बारादरियाँ बनवाई जा रही हैं? और उधर मलिक अम्बर मुगलों को नाकों चने चबवा रहा है। उसके मराठा गुरिल्ले, कहर बनकर मुगल छावनियों पर टूट रहे हैं। यदि बादशाह सलामत और बेगम नूरजहाँ को पता चला तो सब चौपट हो जाएगा। शहजादा हुजूर समझते क्यूँ नहीं?" आसफ खाँ पुनः चहलकदमी करते हुए बड़बड़ाने लगा।

नए आदेश के इन्तजार में अब्दुल्ला जान चुपचाप सिर झुकाए खड़ा था।

"देखो अब्दुल्ला! तुम शहजादा हुजूर के अंगरक्षक और हमारे खास आदमी

अहमद चप को हमारा सन्देश देना। उससे कहना, 'शहजादा हुजूर की बेगम ने मांडू में एक लड़की को जन्म दिया है। और...और...।' आसफ खाँ धीरे से फुसफुसाया, 'उससे कहना कि ताप्ती का पानी जल समाधि के लिए बड़ा ही मौजूँ है। समझे ?' '' उसने अब्दुल्ला जान की कलाई जोर से दबा दी। कुटिलता से आसफ खाँ की मूँछें मुस्करा उठीं। बात खत्म करते-करते वह उन पर बल देने लगा।

अब्दुल्ला जान पुत्री के जन्म और ताप्ती में जल समाधि के तारतम्य को समझ न पाया। अब्दुल्ला जान बहुत कुछ जानना चाहता था। परन्तु अधिक जानने का मतलब वह जानता था। अत: चुप रहना ही उसने बेहतर समझा।

शाही हस्तियों को पीठ दिखाना बेअदबी और बदतमीजी मानी जाती थी। इसीलिए जाने के लिए वह उलटे कदम सिर झुकाकर चलने लगा। तभी उसे सुनाई दिया।

''और सुनो...।''

वह ठहर गया। हाथ बाँधे, नीची निगाह किए वह अगले हुक्म का इन्तजार करने लगा। तभी उसके कदमों के पास छन्न से एक छोटी थैली आ गिरी।

''उसे उठा लो। वह तुम्हारे वापसी सफर के खर्च के लिए है।'' आसफ खाँ का हुक्म इसे मिला।

अब्दुल्ला बड़े धीमे से थैली उठाने के लिए झुका। उठाते समय उसने थैली को कुछ इस तरह से छुआ कि अन्दर के सिक्कों की गोलाई भाँप गया। वह समझ गया कि उसमें चाँदी के दिरहम के बजाय सोने की मुहरें ही हैं। खुशी से उसका दिल बल्लियों उछलने लगा। पर उसने आत्म संयम का प्रदर्शन किया। थैली उठा लेने के बाद उसने झुककर तीन बार आसफ खाँ को फर्शी सलाम किया।

''देखो हमारा सन्देश मनसबदार खान अहमद चप के सिवाय किसी दूसरे के कानों में न पड़े। वरना तुम्हारी जुबान और सिर...'' वाक्य पूरा करने के बजाय आसफ खाँ ने अपनी तलवार को म्यान से आधा खींचा, खन्न की एक आवाज हुई और तलवार म्यान से टकरा कर वापस यथास्थान चली गई। अब्दुल्ला मतलब समझ गया। अंजाम की कल्पना से वह सिर से पाँव तक काँप उठा। वह एक शब्द न बोला, बुत की तरह खड़ा रहा।

"और सन्देश अहमद को देने के बाद अगला हुक्म तुम्हें खान अहमद चप से मिलेगा। और उसे बजा लाना तुम्हारा फर्ज होगा। समझे?" आसफ खाँ ने अगला निर्देश दिया।

"बेहतर हुजूर!" सिर और नज़रें झुकाए वह खड़ा रहा।

"अब तुम जा सकते हो।"

जहाज महल के उस कमरे से निकलकर उसने एक ठंडी साँस ली। दोपहर खत्म हो रही थी। सूरज का जलता गोला पच्छिम को ओर लुढ़क रहा था। धूप की चिलचिलाहट कम होती जा रही थी। मालवा की ठंडी हवाएँ बहने लगी थीं। उसका दिल ठंडा हो गया। मगरिब की नमाज का समय हो रहा था।

शाही हरम और मुगल दरबार के आ जाने के कारण मांडू के उजाड़ खंडहरों में नई जान और बहार आ गई थी। नौकर-चाकरों, दास-दासियों, सैनिक-सिपाहियों और अमीर-उमरा व मनसबदारों की चहल-पहल बढ़ गई थी। एक बाजार और मेला-सा वहाँ जुड़ गया था। कई इमारतों की, बादशाही फरमान के तहत, मरम्मत, लिपाई-पुताई और साफ-सफाई चल रही थी। घोड़ों के खुरों से उठी धूल, हवा में मिलकर, मांडू के आसमान में छा रही थी।

अब्दुल्ला जान इन सब हलचलों से बेखबर जामा मस्जिद के पास की सराय की ओर बढ़ने लगा। वह वहीं जो ठहरा था। उसकी इच्छा भी मांडू की, खासकर रूपमती और बाज बहादुर के महलों की सैर करने की थी। पर मन मारकर उसे अगले हुक्म को यथाशीघ्र बजा लाना था। अतः वह जल्द अपने मुकाम पर जा पहुँचा ताकि सारी तैयारी शीघ्र पूरी कर वह बुरहानपुर के लिए रवाना हो सके। और सूरज के मगरीब में डूबने के पहले खाना-दाना लेकर वह कमान से छूटे तीर की तरह अपने घोड़े पर बुरहानपुर के लिए रवाना हो गया।

बहुत कम समय में विंध्याचल से लेकर सतपुड़ा तक को अब्दुल्ला जान और उसके घोड़े ने नाप डाला था। वह जिस समय बुरहानपुर पहुँचा साँझ धीरे-धीरे रात में बदलती जा रही थी। और रात का अँधियारा ताप्ती पर उतरने लगा था। गुलारा के महल पर काले साए घिरने लगे थे। हवा बन्द हो जाने के कारण शहर भर का धुआँ मकानों के आस-पास, थोड़ा ऊपर मँडरा रहा था। अपने थके घोड़े को अस्तबल के साईस को सौंपकर अब्दुल्ला अपने मुकाम पर जा पहुँचा। नहा-

धोकर उसने हलका-सा नाश्ता किया, और तरोताजा हो वह दो हजारी मनसबदार खान अहमद चप से मिलने के लिए पैदल ही रवाना हो गया। उसने महसूस किया कि चौक बाजार की चहल-पहल यथावत ही नहीं थी; वरन् वह और बढ़ गई थी। भीड़ के साथ घुल-मिलकर बोरवाड़ी के दलाल, अपने ग्राहकों को खोज-खोजकर पटाने में मशगूल थे।

दिल बहलाने की गरज से अब्दुल्ला ने बोरवाड़ी का चक्करदार रास्ता पकड़ लिया। उसने देखा कि रात के आगमन के स्वागत में बोरवाड़ी बहार पर आ रही थी। फूलवालों ने अपनी दुकानों को गजरों, वेणियों, मालाओं और फूलों से सजा रखा था। कुछ माली मालाएँ और वेणियाँ बनाने में व्यस्त थे। और पानवाले भी पीछे नहीं रहना चाहते थे। कत्थे और चूने के बर्तन चमचमा रहे थे। अगरबत्ती, अम्बरी तम्बाकू, किमाम की मिली-जुली सुगन्ध एक नई ही खुशबू पैदा कर रही थी। रसिकों ने मुहल्ले में चक्कर लगाना प्रारम्भ कर दिया था। कुछ गले में और कुछ कलाई पर माला-वेणियाँ लपेटे अपनी रसिकता का परिचय दे देते थे। कलाई उठा फूलों को, गहरी साँस ले सूँघ लिया करते थे। उनमें से कुछ पनवाड़ी के पास खड़े हो पान खाने, चूना चाटने, तम्बाकू मलने के साथ ही दुकान के आईने में अपनी सुन्दरता को बार-बार निहार खुश हो रहे थे। और तिरछी नजरें आस-पास के कोठों पर भी फेंक दिया करते थे।

और कोठों के छज्जों तथा खिड़कियों पर कुछ हसीनाओं ने बैठना आरम्भ कर दिया था। कुछ बैठ भी चुकी थी, और आपस में चुहलबाजी कर रही थीं। सिंगार और सुगन्ध ने उनकी सुन्दरता को दोबाला कर दिया था। गली-मुहल्ले और बोरवाड़ी के बाजार में घूमने वाले आशिकों को उनकी निगाहें तलाश रही थीं। वे अन्दाज लगा रही थीं कि इनमें से कौन पंछी उनकी छतरी पर उतर सकता था। बीच-बीच में उनमें से कुछ अपने चाहनेवालों को ऊपर, कोठे पर आ जाने का आमंत्रण दे देती थीं।

और उनमें से जो अधिक साहसी थीं, जीना उतरकर नीचे आने के लिए भी तैयार थीं। उनमें से कुछ चढ़ाव के दरवाजे पर खड़ी हो बाहर ताक-झाँक कर रही थीं। अन्य जीने की सीढ़ियों पर खड़ी हो अपने चहेतों से बतिया रही थीं। कोठों से सारंगी के कान उमेठने, तबलों की ठक-ठक और साजों को मिलाने के स्वर सुनाई दे रहे थे। अब्दुल्ला को भी लगा कि कोई उसे भी इशारा कर रही

है। पर वह मन मारकर अहमद चप के डेरे की ओर अपने पाँव घसीटने लगा। मालिक आसफ खाँ का सन्देश बहुत जरूरी था। और उसे यथासमय, यथास्थान पहले पहुँचा कर वह निश्चिंत हो लेना चाहता था। उसे विश्वास था कि जब तक गुलारा का चक्कर चल रहा है, शहजादा हुजूर अहमदनगर के मुहासिरे से मुँह मोड़े रहेंगे। और अभी बुरहानपुर में मुगलों का काफी लम्बे समय तक कयाम रहेगा। इसलिए बोरवाड़ी तो फिर भी आया जा सकता है। अत: वह नजरें नीची कर बढ़ लिया।

मनसबदार होने के कारण खान अहमद चप का डेरा उसके अंगरक्षक सैनिकों की पहरेदारी में रहता था। डेरे के दरवाजे पर ही एक सिपाही ने अब्दुल्ला को रोक दिया।

''किससे मिलना चाहते हो?''

''हुजूर अहमद चप साहब से।'' अब्दुल्ला ने उत्तर दिया। वह पछताने लगा कि पैदल आने के बजाय घोड़े पर आता तो शायद सिपाही से उसे सम्मानजनक व्यवहार मिलता। पर अब क्या हो सकता था? गाड़ी तो वह चूक ही गया था।

''क्या काम है?'' रुखाई से सिपाही गुर्रा उठा।

''मैं मांडू से खान आसफ खाँ हुजूर का सन्देश हुजूर के लिए लाया हूँ। मेहरबानी कर हुजूर की खिदमत में जल्द अर्ज करें कि गुलाम अब्दुल्ला जान तुरन्त दीदार चाहता है।'' अपने आने का मन्तव्य अब्दुल्ला ने बतला दिया।

थोड़ी ही देर बाद अब्दुल्ला को भीतर आने का बुलावा आ गया। मनसबदार अहमद चप अपने दीवानखाने में गावतकिए पर कुहनियाँ टिकाए पास में बैठे किसी व्यक्ति से बतिया रहा था। पीछे खड़ी दासी पंखा झल रही थी। सामने चाँदी की तश्तरी में नक्काशीदार चाँदी के ही दो प्याले पड़े हुए थे, और चाँदी की शराब ढालनेवाली सुराही रखी हुई थी। खाली प्याले दर्शा रहे थे कि उन दोनों ने अभी ही उन्हें खाली किया है।

अब्दुल्ला ने बड़े अदब से तीन बार झुक कर कोर्निश बजाई, और हाथ बाँधकर सिर नीचा किए खड़ा हो गया। खान अहमद चप ने बैठे-बैठे ही आँखें ऊँची कर अब्दुल्ला की ओर प्रश्नवाचक दृष्टि से देखा। उसके कपाल पर एक दो रेखाएँ खिंच आईं। अब्दुल्ला समझ गया कि वह बोलने के बजाय सुनना चाहता है।

"खादिम को अब्दुल्ला जान कहते हैं हुजूर। मैं मांडू से आ रहा हूँ। बादशाह सलामत, बेगम नूरजहाँ साहिबा, हरम और दरबार के साथ हुजूर-ए-वाला मालिक आसफ खाँ साहेब भी मांडू तशरीफ लाए हैं। उन्होंने जरूरी सँदेश हुजूर के लिए भेजा है।" बड़े अदब से अब्दुल्ला ने अर्ज किया।

"कहो क्या बात है?" खान अहमद ने पूछा।

"हुजूर! मामला बहुत पोशीदा (गुप्त) है? और वह सिर्फ हुजूर के लिए ही है।" अब्दुल्ला ने अहमद के साथी की ओर देखा।

खान अहमद का मेहमान उठ खड़ा हुआ। अहमद चप भी साथ ही उठा। उसने अपना नक्काशीदार चाँदी का पानदान खोल कर आगे बढ़ा दिया। उस मेहमान ने दो गिलौरियाँ उठाकर अपने मुँह में ठूँस लीं, और भरे मुँह से बोला, "अच्छा खाँ साहब अब मैं आपसे इजाजत लेता हूँ। उम्मीद है आप शहजादा हुजूर से हमारी कठिनाइयाँ अर्ज कर देंगे, और हमें राहत दिलाएँगे। अगर हमारा धन्धा-व्यापार बढ़ता है तो उससे सल्तनत को ही फायदा होगा। और फिर हम व्यापारी तो हर हुकूमत और हुक्मरानों की सेवा करने के लिए सदा तैयार रहते हैं। आप हमें फायदा पहुँचाइए और हमसे मनचाही सेवा लीजिए।"

अब्दुल्ला समझ गया कि खान अहमद का मेहमान सब मामलों में पूरा है। चालाक, चतुर बनिया अपनी कौड़ियाँ बड़ी होशियारी से खेलने में माहिर है।

"आप निशाखातिर रखिए सेठ रामलाल साहब, आपको किसी प्रकार की तकलीफ हम लोग नहीं होने देंगे। आप हमारी मदद करिए और हम तो आपके मददगार हैं ही! शहजादा हुजूर तो बहुत ही नेकदिल और समझदार इनसान हैं।" खान अहमद सेठ रामलाल के नजदीक पहुँचकर धीरे से फुसफुसाया, "आप याद रखिए वली-अहद (उत्तराधिकारी) होने से वे तो हमारे भावी बादशाह और मालिक हैं ही। अभी से उनके साथ यदि पटरी बैठ गई तो फिर चिन्ता किस बात की? आप निश्‍चिंत होकर पधारिए। जब तक हम हैं आपको चिन्ता किस बात की है?" अहमद चप सेठ रामलाल की पीठ थपथपाने लगा।

"आप तो शहजादा सलामत के खासमखास हैं खान साहेब, इसीलिए तो आपको तकलीफ दे रहा हूँ।" सेठ रामलाल ने रद्दा जमाया।

"यह तो उनकी नजरे इनायत है वरना खाकसार तो एक तुच्छ नाचीज है।" अहमद खान ने खीसें निपोरकर दीनता दिखाई।

"हमें तो शहजादा हुजूर के साथ ही साथ आप जैसों के सहारे का ही अधिक भरोसा है; खान साहेब!" बनिया अजीजी से पेश आया।

"आप चिन्ता न करें भाईजान।" खान अहमद ने सेठ रामलाल के दोनों हाथ अपने हाथों में लेकर मुस्कराते हुए, बड़ी गरमजोशी से उन्हें हिलाया, मानो वह उसे आश्वस्त कर रहा हो। फिर सेठ के कन्धे पर हाथ रखकर वह उन्हें सामने के दरवाजे तक छोड़ने चला गया।

अब्दुल्ला जान हाथ बाँधे सिर नीचा किए बहरा बना खड़ा था। तभी उसे दरवाजे से सुनाई दिया, "बस इतनी-सी बात! मैं अभी भिजवाए देता हूँ। आप हुक्म तो करिए चीजें हाजिर हो जाएँगी।" शायद सेठ रामलाल से खान अहमद ने किसी वस्तु की माँग की थी जिसे देने का वह वायदा कर रहा था।

अब्दुल्ला दोनों के काइयाँपन पर हैरान रह गया। शासक और बनिए की साठ-गाँठ ने उसे अचम्भित कर दिया। उनकी मिलीभगत रियाया के लिए क्या-क्या लूट के रास्ते पैदा कर सकती है, यह सोचकर वह परेशान हो उठा। वह अच्छी तरह से जानता था कि बनिया जो कुछ भी ऊपर पहुँचाएगा, खान अहमद जैसों को देगा, वह रियाया की जेब काटकर ही देगा, जो देगा उससे दुगुना आम आदमी से वसूल करेगा। पर उस जैसे अदने भेदिए को जो उच्च सत्ता के गलियारों में घूमता था, एक ही शिक्षा मिली थी। आँखें होने पर भी कई बातों को अनदेखा कर जाओ। कान होने पर भी वही सुनो जो मालिक चाहता है। और जुबान का उपयोग तभी करो जब मालिक चाहें; वरना गूँगे बने रहो। खान अहमद चप जैसे बड़े भेदियों पर ये नियम नहीं लागू होते। क्योंकि ऊपर से बड़े लोगों में मिलीभगत होती है। और अब्दुल्ला यह बड़ी अच्छी तरह से जानता था।

सेठ रामलाल को छोड़कर आने के बाद अहमद चप के गम्भीर चेहरे की सवालिया आँखें अब्दुल्ला पर पुनः गड़ गईं। अब्दुल्ला ने पंखा झल रही बाँदी की ओर देखा। खान समझ गया कि सन्देश अत्यन्त ही गोपनीय, गम्भीर और गहरा राज लिए है। और अब्दुल्ला किसी के भी सामने उससे कुछ भी नहीं कहना चाहता। यहाँ तक कि नौकरों, दासियों और गुलामों के सामने भी नहीं। वह पक्का और सावधान भेदिया है। और सन्देश किसी बहुत बड़े आदमी के मसले से जुड़ा हुआ है।

"तखलिया (हम एकान्त चाहते हैं)।" अहमद खान चिल्लाया।

और बाँदी सिर झुकाकर, पंखा लिये उल्टे पाँव, बड़े अदब से बीच के दरवाजे को बन्द करते हुए चली गई। अहमद खाँ ने स्वयं दरवाजों और खिड़कियों के पर्दे खींच दिये। कमरे में शमादान के प्रकाश के सिवाय कुछ न रह गया। अहमद खान और अब्दुल्ला के साए लम्बे होकर दीवारों पर गिरने लगे। दो षड्यंत्रकारियों के लिए इससे अच्छा रहस्यात्मक वातावरण और क्या हो सकता था।

अहमद चप मसनद के सहारे बैठ गया, और उसने अब्दुल्ला को भी निकटतम बैठ जाने का इशारा किया। सावधानी के बतौर चारों ओर, एक बार और निगाह मारकर, अब्दुल्ला बड़े अदब से थोड़ा अन्तर देकर बैठ गया, और अहमद चप की ओर झुककर फुसफुसाया, ''हुजूर! मुझे मेरे आका आसफ खान साहेब ने शहजादा सलामत की निगहबानी के लिए रखा था।'' अब्दुल्ला ने एक क्षण रुक कर गले को खखार कर साफ किया, और पुनः बात का धागा पकड़ लिया, ''हुजूर! आप तो जानते ही हैं कि एक भेदिए का काम कितना नाजुक, मुश्किलों से भरा और खतरनाक होता है।'' अब्दुल्ला एक क्षण और रुका बात को गम्भीरता देने के लिए। फिर वह बड़े धीमे से बोला, ''सो हुजूर मुझे उनके और बेगम गुलारा के बाबत अपने मालिक को मांडू में सारी खबरें देनी पड़ी। सब कुछ सुनने के बाद उन्होंने आपके लिए संदेश भेजा है।''

खान अहमद चप का चेहरा अत्यधिक गम्भीर हो गया। उसकी आँखें छोटी हो गईं और पेशानी पर बल पड़ गए। उसकी दाढ़ी, मूँछें और कलमें एक-दूसरे से जुड़ी हुई थीं, और उन्हें बड़ी खूबसूरती से तराश दिया गया था। वे उसके चेहरे की खूबसूरती को बढ़ा रही थीं। परन्तु इस समय वह कुरूप दिखाई दे रहा था। उसकी दाईं भौंह पर तलवार का एक घाव था जो डरावना लग रहा था। वह अब्दुल्ला के और नजदीक खिसक आया। चाहता था कि अब्दुल्ला के सन्देश को दीवारें भी न सुनें। नजदीक आ जाने के कारण उसके जिस्म से निकल रही गुलाब के इत्र की भभक अब्दुल्ला के नथुनों में भर गई। अब्दुल्ला अच्छी तरह से जानता था कि इन दिनों मुगल दरबार में गुलाब के इत्र का बड़ा चलन था क्योंकि बादशाह बेगम नूरजहाँ और उनकी अम्मी हुजूर अस्मत बेगम ने गुलाब के इत्र की कुछ समय पहले ही खोज की थी। इसलिए अमीर-उमरा, खान-मलिक, मनसबदार आदि सभी शौकीन मिजाज लोग सम्राट जहाँगीर और खासकर

बेगम नूरजहाँ को खुश करने के लिए गुलाब के इत्र का ही अधिकतर इस्तेमाल करते थे। वैसे इत्र था भी अच्छा, उसकी भीनी ठंडकदार सुगन्ध को अब्दुल्ला भी पसन्द करता था।

अब्दुल्ला ने सन्देश दुहरा दिया।

खान अहमद चप के चेहरे की गम्भीरता और गहरा गई। अचानक वह उठ खड़ा हुआ। अब्दुल्ला के लिए यह इशारा काफी था। वह भी उठ पड़ा। और अदब से हाथ बाँधकर सिर नीचा कर खड़ा हो गया।

''सुनो अब्दुल्ला! तुम्हारा यहाँ का काम अब खत्म हो गया है। तुम फौरन से पेश्तर अहमदनगर के लिए रवाना हो जाओ। और वहाँ जाकर हमारे अजीज दोस्त सिपहसालार इब्राहीम खान से मिलना। पर उनसे इन सब बातों की चर्चा करने की जुर्रत मत करना। अगले हुक्म तक उन्हीं के साथ रहना। और दुश्मन की खबरें लाने के लिए वे जो हुक्म दें बजा लाना। तुम्हारा यहाँ दिखाई देना तुम्हारे हक में ठीक न होगा।'' अहमद चप उसे जल्द से जल्द बुरहानपुर से हटा देना चाहता था।

''जो हुक्म हुजूर!'' अब्दुल्ला ने बड़े अदब से झुककर उत्तर दिया।

''और हुजूर-ए-वाला आसफ खाँ साहेब को मांडू जो खबर भेजना है, हम भेज देंगे। अब तुम्हें उस मुआमले में कुछ अधिक करना-धरना नहीं है। हाँ, एक बात का खयाल रहे कि शहजादा हुजूर या गुलारा बेगम की तुम पर निगाह न पड़े वरना...।'' अहमद चप ने अपनी कमर में बँधी छुरी निकाल ली और उससे खेलने लगा। एक जल्लाद की-सी कठोर हृदयहीन कुटिलता उसकी नजरों से झाँकने लगी।

अब्दुल्ला वरना के बाद अंजाम का विचार कर थर्रा उठा।

तीन बार फर्शी सलाम कर वह उल्टे पाँव चल दिया। खान अहमद चप के डेरे से बाहर आकर उसने छुटकारे की एक गहरी साँस ली। वह समझ गया कि दो घोड़ों पर सफलतापूर्वक सवारी करनेवाले ज्यादा खतरनाक होते हैं। और खान अहमद चप उसी किस्म का आदमी है। वह शहजादा खुर्रम और आसफ खाँ दोनों के दिलों में घुसा हुआ होने पर भी अपने पत्ते अच्छी तरह से फेंकना जानता है। और वह जो कहेगा, कर गुजरेगा। अतः उसने अपना रास्ता तय कर लिया।

उसने आसमान की तरफ देखा। चाँद का कहीं पता न था। रात की काली चादर ने शहर बुरहानपुर को पूरी तरह से अपनी गिरफ्त में ले लिया था। वह सोचने लगा, 'यह रात अपने आपमें किसके लिए न जाने क्या-क्या छुपाए हुए है?' उसे पहली बार एक अदना भेदिया बनने का दिली दुख हुआ। वह बोरवाड़ी का खयाल छोड़, अपने मुकाम की ओर, शिथिल कदम से लुढ़कने लगा। सुबह की सफेदी निकलने के पहले उसे दखन की ओर रवाना जो होना था।

उधर खान अहमद चप परेशान मुद्रा में कालीन पर बैठा रहा। परेशानी और गम्भीर चिन्ता ने उसकी पेशानी पर बल डाल दिये थे। दोनों भौंहें और आँखें चढ़ गई थीं। तलवार का घाव भौंहों के कारण और सिकुड़ गया था। उसका चेहरा खतरनाक लग रहा था। कुछ सोच कर उसने तीन बार ताली बजाई। एक गुलाम तुरन्त हाजिर हो गया।

"देखो खलील! अभी जो शख्स यहाँ से गया है उसका नाम अब्दुल्ला जान है। तुम्हें उस पर कड़ी निगरानी रखना है। ध्यान रहे वह शख्स शहजादा हुजूर या गुलारा बेगम से मिलने की कोशिश न करने पाए। और यदि कोशिश करे तो उसे ऐसा करने से पहले ही रास्ते से हटा देना। समझे? वह लालबाग की मुगल छावनी में ही कहीं ठहरा है। अभी गए उसे ज्यादा समय नहीं हुआ है।" अहमद के शब्दों से कठोरता साफ झलक रही थी। उसने आगे कहा, "और यदि वह दखन की ओर कल भोर होने से पहले ही रवाना हो जाए तो कुछ न करना।"

"जो हुक्म हुजूर।" खलील तीर की तरह बाहर के अँधेरे में खो गया।

खलील के चले जाने के बाद खान अहमद उठ खड़ा हुआ, और उसने कमरे के एक-दो चक्कर लगाए। ताजी हवा के लिए उसने खिड़कियाँ खोल दीं और पर्दे खींच दिये। उसका दिमाग तेजी से काम कर रहा था। उसने फिर दो बार ताली बजाई। एक दासी आकर खड़ी हो गई। उसने इशारा किया और दासी समझ गई। थोड़ी ही देर बाद उसने चाँदी के एक हुक्के के साथ दीवानखाने में पुनः प्रवेश किया। हुक्के को देखते ही अहमद चप ने सन्तोष की एक साँस ली। वह कालीन पर फिर पसर गया, और उसने गोल तकिए को अपने पास खींचकर उस पर कुहनियाँ टिका लीं। नैचे को उसने अपने ओठों में दबा लिया। हुक्का गुड़-गुड़ कर गुड़गड़ाने लगा। अम्बरी तम्बाकू के सुगन्धित धुएँ में सारा कमरा गमकने लगा। उसकी आँखें धीरे-धीरे आधी मुँद गईं।

आसफ खाँ द्वारा भेजे गए सन्देश की गहराई का राज परत-दर-परत उस पर खुलने लगा और उस पर हावी होने लगा। हर कश के साथ हुक्के की चिलम में रखे अंगारों के साथ उसका दिल भी दहक उठता था। बिछी मुगल शतरंज के हर मुहरे और चाल को उसने भाँपने का प्रयत्न किया। किस मुहरे के पीछे कितना जोर है यह उसने अपने दिमाग में तलाशा। शहजादा खुर्रम के पीछे परदे में छिपी ताकत को उसका तीक्ष्ण और चालाक दिमाग भाँप गया। वह समझ गया कि शहजादा खुर्रम की ताकत और जलवा आसफ खाँ और उनकी सर्वशक्तिमान बहन बादशाह बेगम नूरजहाँ पर ही टिकी हुई है। आज शहजादा हुजूर खुर्रम जो कुछ भी हैं खान आसफ खाँ और बेगम नूरजहाँ के रहमोकरम की वजह से ही हैं।

तम्बाकू के आखिरी कश के साथ ही वह किसी निश्चय पर पहुँच गया। एक योजना का सारा खाका उसके दिमाग में पूरा जो बन गया था। उसकी पेशानी के बल ढीले पड़ गए। सिकुड़ी हुई भौंहें और चढ़ी हुई आँखें अपने स्थान को लौट गईं। उसने सुराही से अपने प्याले को लबालब भर लिया और एक साँस में ही उसे खाली कर दिया। अगली कार्यवाही के लिए काले नाग की तरह खान अहमद चप लहराने लगा।

"गुलारा! मेरी समझ में एक बात आज तक नहीं आई। उस गुत्थी को अभी तक मैं सुलझा नहीं पाया हूँ। अब चूँकि तुम हमारे पास आ गई हो, तुम्हीं बतला सकती हो कि उस साँझ तुम्हारे साथ क्या वाकया गुजरा था? मैं तो उस दिन, दिन भर बड़ा व्यस्त था। अहमदनगर से नई खबर आई थी। और मुगल सेनानायक चाहता था कि मैं तुरन्त अहमदनगर के लिए कूच करूँ। और मैं, थोड़ा समय तुम्हारे खातिर और चाहता था।" शाहजहाँ ने उत्सुकता से पूछा।

"हाँ मालिक! उस दिन सुबह से ही न जाने क्यूँ मैं परेशानी महसूस कर रही थी। एक व्याकुलता मुझ में दहशत भर रही थी। कई दिनों से मैं देख रही थी कि कुछ साए मेरा पीछा कर रहे हैं। शायद वे मेरी हर बात पर निगाह रखे थे। मैंने कई बार आपको बताना चाहा, पर मन का वहम मानकर टाल गई। उस छोटी-सी लापरवाही की मुझे कितनी बड़ी सजा मिली। उफ!" उदासी के बादलों ने उसके खूबसूरत चेहरे को ढक लिया।

''आपने मुझे जो इज्जत बख्शी थी, जो सुख दिया था, उसे कंजूस के धन के समान खो जाने के डर से, सँभाले रखना चाहती थी। मुझे सदा डर लगा रहता था कि कहीं मेरा यह सुख कोई छीन न ले। उसे किसी की हाय या नज़र न लग जाए।'' गुलारा की व्याकुलता फूटी पड़ रही थी।

''आप अहमदनगर के अहम् मसले में बाहर दरबार-ए-खास में मशगूल थे। इसीलिए आपको तकलीफ देना मैंने ठीक न समझा। और अपनी बेचैनी दूर करने के लिए अपनी बाँदियों के साथ बजरे पर ताप्ती की सैर को निकल गई। मैं अपने खयालों में डूबी थी। और जब मुझे होश आया तो बजरा किनारे से काफी दूर गहरे में बहा जा रहा था। शहर की रोशनियाँ आसमान के तारों-सी टिमटिमाती दिखाई दीं। और तभी मैंने महसूस किया कि महलसरा से मैं काफी दूर आ गई हूँ। मैंने नावड़ों को वापस लौट चलने की आज्ञा दी। थोड़ी देर बाद मुझे 'छपाक' की आवाज सुनाई दी, और अचानक हमारा बजरा उलट गया। बाँदियों को चीख-पुकार और नावड़ों के हल्ले-गुल्ले से सारा नदी-प्रान्तर गूँज उठा। मैं गहरे पानी में डूबने-उतराने लगी। ऊपर आने के लिए मैं हाथ-पाँव मारने लगी। तभी मुझे लगा कि जैसे कोई मेरे पाँव खींच रहा है। मैं चीखूँ इसके पहले ही मैं और मेरी चीख पानी में डूब गए। और फिर मैं सदा के लिए मेरे सरताज, मैं आपसे बिछुड़ गई...।'' गुलारा की रुलाई रोके नहीं रुक रही थी।

शाहजहाँ पर शोक पुनः हावी हो गया। वह गुलारा की कोमल हथेली सहलाने लगा। शब्द थे कि मिल नहीं रहे थे।

''हाँ गुलारा! वह रात तो हमारे लिए भी कत्ल की रात साबित हुई थी। जब काफी रात गए हम हरम सरा में आए तो पता चला कि तुम बजरे पर बाहर गई हो। हमें बड़ा ताज्जुब हुआ। और फिर तुम पर गुस्सा भी काफी आया। परन्तु थोड़ी ही देर बाद हमें घबराए हुए नौकरों से पता चला कि भँवर में फँसकर तुम्हारी नाव उलट गई है, और तुम्हारा कहीं पता नहीं है। उस रात, रात भर जाग कर मशालों की रोशनी में हमने सारी ताप्ती में जाल डलवा दिये थे। उसे ऊपर से नीचे तक हिला दिया था। पर न तो तुम मिलीं न तुम्हारी लाश। हमारी बेचैनी के कारण उस रात न तो ताप्ती सो सकी न बुरहानपुर। और वे नावड़े। हमारे डर के कारण ऐसे भागे कि उनका आज तक पता न चला।

''सच गुलारा तुम्हारे सदमे के कारण हम तीन दिन तक दरबार में न गए।

शराब में अपना गम गलत करते रहे। और तीसरे दिन तुम्हारी लाश काफी दूर मिली तो हमारे सारे घाव फिर हरे हो गए। और हमने बड़ी मुहब्बत और इज्जत के साथ तुम्हें उतावली के किनारे, महल गुलारा की बारादरियों के पास ही दफनवा दिया। तुम्हारी अपनी पसन्ददीदा जगह पर।'' शाहजहाँ ने एक लम्बी साँस ली।

''गुलारा! तुम्हारे बुरहानपुर में हमने पाया भी बहुत कुछ। पर खोया और भी ज्यादा है। तुम्हारे पाने की खुशी से अधिक हमें तुम्हें खोने का सदमा रहा। और तकदीर का खेल देखो कि हमने अपनी मुमताज को बुरहानपुर में ही खोया था। हमारी दो चहेतियों को तुम्हारे उस शहर ने हमसे छीन लिया था, गुलारा।'' शाहजहाँ का चेहरा गमजदा था।

''और तुमसे झूठ क्या कहें गुलारा! तुम्हीं से, तुम्हारे महल गुलारा की बारादरियों से प्रेरणा पाकर ही हमने अपनी चहेती बेगम मुमताज के लिए भी उसके मरने पर यह ताज बनवाया था। जमुना के पार हम काले संगमरमर का दूसरा ताज बनवा इन दोनों को महल गुलारा की बारादरियों के समान सफील से जोड़ देना चाहते थे। जमुना को उतावली-सी खूबसूरत बनाने की हमारी इच्छा थी। यदि तुम्हारे लिए हम महल गुलारा की बारादरियाँ न बनवाते तो शायद मुमताज को ताज-सा मकबरा न मिलता।'' शाहजहाँ की निगाहें पुनः चाँदनी में नहा रहे ताज पर जा टिकीं। वो टकटकी बाँधकर उसे निहारने लगा। और जब वापस उसने गुलारा की ओर नजरें फेरी तो वह, तब तक जा चुकी थी।

मुन्नीबाई ने अपनी बात पूरी करते हुए कहा, ''हुजूर! सुल्तान शाह खुर्रम ही आगे चलकर शहंशाह शाहजहाँ बने। और बेगम अर्जुमन्द बानो, मुमताज महल के नाम से इतिहास में प्रसिद्ध हुईं। आसफ खाँ ने पहले अपनी बहन बेगम नूरजहाँ को मुहरा बनाकर शाह खुर्रम को बादशाहत दिलाने के लिए गन्दे राजनीतिक हथकंडे अपनाए। उसने कई खेल परदे के पीछे रहकर खेले। अपनी बेटी को वह, साम्राज्ञी जो बनाना चाहता था। और बाद में काम निकल जाने पर, हसीन बेगम नूरजहाँ को दूध की मक्खी की तरह निकाल फेंका। एक समय की उस सौभाग्यशालिनी सर्वशक्तिमान महिला को चार-चार आँसू रुलवाया। बेचारी ने अपनी अन्तिम साँसें लाहौर में गरीबी और कंगाली में लीं।''

"पर उन आसफ खाँ साहब ने तो हमारी खानदान की गुलारा को पानी में ही दफन करवा दिया था हुजूर। जो आदमी अपनी सगी बहन का न हुआ उससे गुलारा के लिए क्या उम्मीद की जा सकती थी?" उसने एक गहरी, पर दर्दीली साँस ली।

"अम्मी!" पीछे से एक सुरीला स्वर सुनाई दिया। सामने ही मुन्नीबाई की नाजनीन बेटी मयूरी बनी खड़ी थी। उसने रेशमी बुरहानपुरी साड़ी को खानदेशी शैली में लांग लगाकर पहन रखा था। लांग के कारण घुटनों के नीचे की पिंडलियों की मांसल मछलियाँ उभर आई थीं। उनमें जैसे शराब भर दी गई हो। उस पर उसका श्रृंगार बड़ा ही चित्ताकर्षक था। पतली कमर में खोंसकर, फैलाए हुए मोर पंखियों का पंखा, नाक में नथ, ठुड्डी पर खानदेशी नीला तिल, और सिर के काले बालों में भी खुंसे मोर पंख! ऐसा लगा कि गुलारा एक बार फिर उन बारादरियों के बीच साकार हो उठी है।

मुन्नीबाई का दिल भर आया। और उसके इशारे के साथ ही मयूरी नृत्य प्रारम्भ हो गया। उसकी हर थिरकन, अंग-भंगिमा, और नेत्र-पलक संचालन गजब का लयबद्ध था। सारे शरीर के संचालन और भाव अभिव्यक्ति में सुन्दर समन्वय वह प्रस्तुत कर रही थी। उसने ऐसा समाँ बाँधा कि मंत्रविध सर्प की भाँति हम सब मुग्ध हो उठे। उस खानदेशी लोक-नृत्य में, किसी भी शास्त्रीय नृत्य से टक्कर लेने की क्षमता थी। तबले, ढोलक और अन्य साजों की हर थाप और सम पर उसके कोमल पैरों और हस्तक संचालन सर्वोत्तम था। सारे वातावरण पर वह अकेली छा गई थी। उस अकेली ने सारे माहौल को भर दिया था। नृत्य के समाप्त हो जाने के बाद भी हम कई क्षणों तक स्तब्ध बैठे रहे। मुझे लगा कि नृत्य वास्तव में एक श्रेष्ठतम कला है, और उसे मुन्नीबाई तथा उसकी पुत्री जैसी लड़कियों ने ही आज तक जिन्दा रखा है। हम इतने अभिभूत थे कि तारीफ में वाहवाही भी न कर सके।

और मुन्नीबाई ने जब धीमे से रसीले पान-बीड़ों की तश्तरी बढ़ाई, तो हमने अपनी सभी जेबें खुले दिल से खाली कर दीं। फिर भी ऐसा अनुभव हुआ कि हमने उन्हें उनकी कला प्रदर्शन की तुलना में कुछ भी नहीं दिया है। यदि मैं कोई शहजादा या बादशाह होता तो मुन्नीबाई की उस हसीन कलाकार की बेटी पर सभी कुछ न्योछावर कर देता। मुझे महसूस हुआ कि शहजादा खुर्रम की मन:स्थिति

गुलारा के मयूर-नृत्य के सामने गलत न थी। मुन्नीबाई की बेटी की नर्तन कला ने उसके सोने से रूप में सुहागे का काम किया था। कुछ भी उसके लिए अदेय न था।

महफिल जब उखड़ी उस समय तक भोर का तारा आसमान की खिड़की से झाँकने लगा था। निस्तेज और शिथिल, पूर्णिमा का चन्द्रमा पश्चिम की ओर लुढ़कने लगा था। इक्का-दुक्का चिड़ियों की चहचहाट उतावली की कल... कल...कल से जुगलबन्दी करने लगी थी।

जाने से पहले अपनी उत्सुकता को न रोक पाने के कारण मैंने मुन्नीबाई से पूछ ही लिया, ''मुन्नीबाई आपने अपनी कलाकार बेटी का नाम नहीं बताया?''

''हुजूर! इस अभागी को भी गुलारा ही कहते हैं। न जाने कब, किस शहजादे की इस पर नजरें इनायत होंगी? या कोठे पर ही इसे अपनी सारी जिन्दगी काट देनी पड़ेगी?'' मुन्नीबाई का स्वर एक नारी की उदास व्यथा के तार झंकार रहा था। उसने एक गहरी साँस खींची।

मैं सकते में आ गया।